Holger Böwing

Die Zukurzgekommenen

Roman in Geschichten

GRÜNBERG

Böwing, Holger:
Die Zukurzgekommenen
Roman in Geschichten

1. Auflage, 2014
Grünberg Verlag, Weimar & Rostock
Druck: printmanufaktur, Dassow (Mekl.)

ISBN 978-3-933713-45-2

Holger Böwing

Die Zukurzgekommenen

Roman in Geschichten

GRÜNBERG

I

Liebenlieschen

In der Straße der Opfer des Faschismus, die jetzt wieder Schützenstraße hieß, befand sich bis zum Anfang der siebziger Jahre des vorigen Jahrhunderts ein kleines Lebensmittelgeschäft, das aufsuchen zu wollen allgemein mit den Worten „Ich geh' mal zu Liebenlieschen" kundgetan wurde. Wie dieser Name zustande gekommen war, wussten nur noch einige Alte, die davon jedoch nicht jedermann und schon gar nicht ungefragt erzählten, weshalb für die meisten Leute der Stadt, sofern sie sich überhaupt Gedanken darüber machten, unklar blieb, ob mit Liebenlieschen die greise Inhaberin und einzige Verkäuferin des Lädchens gemeint war oder das Geschäft als solches, wie ja auch Gaststätten und Hotels irgendwie hießen.

Der Grund für das Schweigen der Wissenden bestand darin, dass sie von einem Marsch hunderter KZ-Häftlinge durch die Straßen hätten berichten müssen, den zwar viele gesehen hatten, den jedoch nur Lisa Grundig, die Besitzerin des Lebensmittelladens, zum Anlass genommen hatte, vor das Haus zu treten und rasch ein paar Essensreste unter die Todgeweihten zu bringen, die zwanzig Kilometer weiter bei lebendigem Leibe in einer Feldscheune verbrannt werden sollten. Da der Kommandierende der SS das Ziel des Marsches kannte, reagierte er geradezu milde auf diesen Akt der Menschlichkeit, indem er Frau Grundig nicht niederschlug, sondern sie lediglich nach ihrem Namen fragte und ihr über seine Schulter hinweg zurief: „Lieben, Lieschen, kannst du unsere Feinde wieder nach dem Endsieg!"

Und eben diese Frau war es noch immer, die zu der Zeit, als der *Konsum* und die *HO* mehr und mehr Selbstbedienungsläden eröffneten, hinter dem Tresen stand und ihrer Kundschaft die gewünschten Waren herbeitrug, um anschließend mit Bleistift und Notizblock den zu entrichtenden Gesamtpreis zu errechnen, wie sie auch immer noch Schwierigkeiten mit Machthabern nicht grundsätzlich aus dem Wege ging, weshalb sie zum Beispiel jenes 7. Oktobers, an dem von der Verstaatlichung der beinahe letzten Privatbetriebe berichtet werden konnte, die Republikfahne einfach nicht mehr fand und stattdessen der ersten Beatband des Ortes Gelegenheit gab, ihre selbst gemalten Plakate in ihr Schaufenster zu hängen, und ihren Laden als Spielstätte für das darauf angekündigte Konzert zur Verfügung stellte.

Jedoch nicht nur die aufstrebenden Musikanten hatten Grund, der Ladenbesitzerin dankbar zu sein. Auch all jenen Familien gegenüber, deren Wirtschaftsgeld stets vor dem nächsten Zahltag aufgebraucht war, erwies sie sich als gütig, indem sie ihnen großzügig und zinslos Kredit einräumte. Die Trinker erlebten das Paradies bei ihr, weil sie ihnen bei Kälte, Regen und an zu heißen Tagen Unterschlupf in ihrem Treppenhaus gewährte und mitunter sogar ein Bier spendierte. Raucher oder solche, die es werden wollten, konnten einzelne Zigaretten bei ihr erwerben. Sehnsuchtsvoll dreinschauenden Kindern drückte sie wortlos zerbrochene Zuckerstangen und Bonbons in die Hand. Ja selbst die Altstoffsammler aus der Schule unterstützte sie über die Maßen.

Eines Tages nun aber begann Lisa Grundig schusselig zu werden, denn es passierte innerhalb einer Woche mehrmals, dass sie der Kundschaft, die mit einem der gerade neu eingeführten Geldscheine bezahlen wollte, zu viel Wechselgeld herausgab – ein Umstand, der sich zunächst nicht herumsprach, weil die derart Beschenkten sich schämten, die freundliche Frau nicht auf ihren Fehler aufmerksam gemacht zu haben, letztendlich aber doch als nahezu verlässlicher Dauerzustand erkennbar wurde, als nämlich ein und dieselben Leute zum zweiten und dritten Mal nicht nur mit einem Beutel voller Waren, sondern darüber hinaus mit mehr Geld nach Hause kamen, als sie in den Laden mitgenommen hatten.

Infolgedessen, und weil nichts ewig geheim bleibt, was verspricht, für wenig Anstrengung großen Gewinn abzuwerfen, brach ein Ansturm auf Liebenlieschen los, der seinesgleichen suchte. Sogar die nach wie vor von ihr mit kostenlosem Naschwerk bedachten Kinder beteiligten sich alsbald an der Forcierung des Ausverkaufs und trugen der Tatsache, dass Frau Grundig bisher nur bei der Konfrontation mit Papiergeld überfordert war, dadurch Rechnung, dass sie ihre wenigen Pfennige so lange zusammenwarfen, bis sie sie irgendwo gegen einen Fünfmarkschein eintauschen konnten, der ihnen mit etwas Glück fünf Lutscher und neun Mark fünfzig, wenn nicht gar neunzehn Mark fünfzig oder noch mehr einbrachte, die hernach entweder aufgeteilt oder am nächsten Tag abermals in der „O-de-eff-Straße" vermehrt wurden.

Dass die bemitleidenswerte Frau nicht unberichtigt blieb, wenn sie sich zuungunsten der Kundschaft verkalkulierte, bedarf nicht der Erwähnung. Und es lässt sich wohl ebenso ahnen, dass viele Familien, und darunter selbstverständlich auch die, welche regelmäßig bei Liebenlieschen hatten anschreiben lassen, sich gewissermaßen haushaltsplanerisch auf deren Unvermögen einstellten und somit alsbald fest damit rechnen mussten, dass die „Hexe", wie sie jetzt besonders nach sehr erfolgreichen Einkäufen gern genannt wurde, sich verrechnete. Aus den Nachbardörfern kamen die ersten Neukunden angereist. Wenn Verwandtschaft zu Besuch war, ging man nun gemeinsam zu Liebenlieschen statt zum Tiergehege. Und parallel zu alldem machte sich angesichts der noch immer nicht versiegten Quelle ein Gerücht auf den Weg, das die Rechtmäßigkeit des vermeintlichen Reichtums der Ladeninhaberin bezweifelte.

Als Lisa Grundigs langjährigem, mittlerweile pensioniertem Hausarzt zu Ohren kam, was vor sich ging, lud er sich zu einem Besuch bei ihr ein, um sich ein Bild vom Gesundheitszustand seiner ehemaligen Patientin und deren wirtschaftlicher Situation zu machen. Er fand sie verwirrt, jedoch nicht wirr genug, sich den Versuch zu verkneifen, ihr über mehrere Tage, während der das Geschäft auf sein Geheiß geschlossen blieb, den richtigen Umgang mit den neuen Scheinen anzutrainieren und ihr Hirn auf ein hochwirksames Medikament einzustellen. Und in der Tat gelang es ihm, sie nahezu in den Vollbesitz ihrer geistigen Kräfte zu bringen, worauf er sich zurück in den Ruhestand begab und ihr neben reichlich Medizin ein kluges Wort hinterließ: „Lieben, Lieschen, wird man dich einzig dort, wo schwach du dich zeigen kannst, ohne Stärke zu provozieren."

Tags darauf öffnete der Laden wieder, und Liebenlieschen wurde, nachdem diese Nachricht sich mit Rasanz verbreitet hatte, für einige letzte Stunden bestürmt wie nie zuvor – für einige sowohl diesseits als auch jenseits des Ladentisches ernüchternde Stunden, die in jenem Moment endeten, als eine ob Lisa Grundigs wieder erlangter

Rechenfähigkeit enttäuschte und ob deren Beharren auf sofortiger Barzahlung erboste Stammkundin sie mit einer Flasche *Liebfrauenmilch* zu Boden schlug, worauf die Greisin noch auf den Fliesen vor der Kartoffelkiste ihrer tödlichen Kopfverletzung erlag. Zwei Monate später sollte die Kaufhalle am jetzigen Festplatz, dem damaligen Platz der Solidarität, feierlich eingeweiht werden.

An der Krippe

Das Dörfchen lag am großen Grenzfluss im Osten der Republik. Wenn nicht gerade Nebel über die Polder wallten, waren die Häuser der polnischen Ortschaft auf der anderen Seite zu erkennen. Man schrieb den 24. Dezember 1988.

„Saukälte!", fluchte die Briefträgerin in die Stille, die mit dem Abschalten des großen Mischers im Betonwerk eintrat. Der Wachhund im Käfig auf dem Werksgelände streckte sich. Die Eisdecke auf dem Fluss knackte.

„Soll ich dich wärmen?", ertönte eine belegte Stimme.

Zwischen den Katen trat grinsend ein stämmiger Mann hervor. Sein Gesicht war hochrot und aufgedunsen. Er trug Armeestiefel, eine verblichene Uniformhose und einen schmierigen Anorak. Über seiner Schulter hingen zwei tote Hasen.

„Mensch, hast du mich erschreckt, Gille!", gestand die Frau mit der Umhängetasche, stieß ihren Atem weit sichtbar aus und ergänzte mit Blick auf die Kadaver: „Warst du schon wieder ..."

„Bevor die Wölfe sie ...", entgegnete schwankend der Riese. Dann spähte er die Dorfstraße hinunter.

„Meinst du, sie bringen heut noch was?"

Im nächsten Moment sahen beide einen Kleintransporter den Konsum ansteuern.

Die Kunde vom Eintreffen der Lieferung verbreitete sich binnen Minuten. Und nicht minder schnell füllte sich der kleine Laden mit Abgesandten der wenigen Familien des Ortes. Die Verkäuferinnen ließen von der ersten Sekunde ihrer Amtsausübung an niemanden im Zweifel

12

darüber, dass sie die Sondergabe gerecht zu veräußern gedachten.

Infolgedessen kam beinahe Volksfeststimmung auf, und etliche der bereits Versorgten blieben sogar noch im Geschäft. Die Briefträgerin verriet, wer diesmal die meisten Weihnachtspakete bekommen hatte. Frauen in geblümten Kittelschürzen beschrieben die Feistheit ihrer Gänsebraten. Halbwüchsige diskutierten darüber, ob man sich am Abend lieber den gruseligen oder den erotischen Film anschauen sollte. Und Gille erzählte, wie er einst für die Genossen von der Kreisleitung Wildschwein am Spieß hatte braten dürfen.

Es war ein Arbeiter aus dem Betonwerk, der den allgemeinen Frohsinn ersterben ließ, ein kleiner Mann mit wettergegerbtem Antlitz. Er trug einen dunklen Anzug. In der Hand hielt er eine Reisetasche.

Er betrat die Verkaufsstelle, stellte sich an, wartete schweigend und beobachtete das Geschehen, bis er endlich zum Ladentisch vorgerückt war. Dann sagte er freundlich: „Vier – Banan – bite!"

„Vier – Banan – bite!", sagte der Mann, und sofort trat ein derartig geschlossenes Schweigen ein, dass man die Kühltruhe brummen hören konnte.

„Vier – Banan – bite!", wiederholte der Mann nach einigen Atemzügen. Aber er wurde nicht bedient.

Und ein weiteres Mal trug er seine Bitte vor. Noch immer war sein Tonfall gutmütig, und doch hatte er sich verändert, klang jetzt, als würde er nicht mehr nur um Bananen, sondern zugleich um Entschuldigung bitten.

Sekunden vergingen. Alle blickten erwartungsvoll auf die Verkäuferinnen.

Plötzlich schien die ältere von ihnen eine Idee zu haben, denn sie setzte ein spitzbübisches Gesicht auf. „Kann ich das noch mal auf Deutsch hören?"

Und abermals brachte der Mann seine Bitte zu Gehör.

„Nix Banan", traute sich jetzt die jüngere Verkäuferin mitzuteilen, „Banan ist für Bevölkerung von Dorf, ist eine pro Kopf von Familia!"

„Aber ich – haben Familie", erwiderte der Mann, „ein Frau und ein Knab – und ein Mädchen. – Und arbeiten ganzen halben Jahr – in Dorf – in Betonwerk – mit Bevölkerung!"

„Und schleppen unser Zeug nach Polen säckeweise", warf jemand von weiter hinten ein.

„Und schicken uns ihre ausgehungerten Wölfe auf den Leib!", konnte die Postfrau sich nicht enthalten mitzuteilen.

„Was ist hier los?", fragte der Pole leise.

Später wollte sich niemand der Anwesenden mehr daran erinnern können, wer Gille seinen Auftrag zugeflüstert hatte. Der betrunkene Hüne musste sich seinen Weg zum Ladentisch nicht bahnen. Der Pole leistete keinen Widerstand.

Hornig, der Huster

Die kanadische Fünf-Cent-Münze des Jahres 1944 war sowohl in Stahl/Nickel als auch in Messing geprägt worden. Auf der Kopfseite zeigte sie ein Bildnis Georg des Sechsten, auf der Rückseite die Wertzahl V als Victory-Zeichen mit einer brennenden Fackel zwischen den Schenkeln. Sie war zwölfeckig und trug, wie auch die Prägungen des Vorjahres und des Jahres danach, in Form von Morsezeichen entlang des Randes die englische Aufschrift „We win when we work willingly". Was aber die vierundvierziger Messingmünze von den anderen unterschied, war deren extreme Seltenheit, die dazu führte, dass sie schon zwanzig Jahre nach ihrem Erscheinen in gehobenen Sammlerkreisen mit fünfstelligen Summen gehandelt wurde, während normale Numismatiker lediglich davon träumen konnten, in den Besitz der Fünf-Cent-Messingfackel zu geraten.

Helmut Hornig, der teilinvalide Leiter des *HO*-Möbelhauses unserer Stadt, aber musste ihn nicht träumen, diesen Traum, obwohl er durchaus zu den wenig begüterten Sammlern gehörte.

„Wir gewinnen, wenn wir nur willig arbeiten", pflegte er uns zu übersetzen, wobei er diese Weisheit an der Stelle des Kommas fast immer wegen eines Hustenanfalls unterbrechen musste, und fügte, die kleine, von einer transparenten Folie geschützte Münze liebevoll streichelnd hinzu: „Das ist der Lohn für mein verlorenes Bein und meine kaputte Lunge." Und dann erzählte er von seiner Zeit im Krieg, im Lazarett und in der Gefangenschaft und davon, dass dieses für die meisten Menschen unbezahlbare Sammelobjekt einfach so als Zahlungsmittel in

seinen Besitz geraten war, als er einem Kameraden ein
Stück Seife oder ein paar Zigaretten verkauft hatte. Und
wirklich jedes Mal, wenn wir ihn besuchten und nach
seinem Schatz fragten, pries er sein Glück mit so kindlicher
Freude, dass wir uns des Eindrucks nicht erwehren
konnten, seine gründlich ruinierte Gesundheit sei als ein
keineswegs zu hoher Preis für so lang anhaltende Selig-
keit anzusehen. Ja, für einen nicht nur kollektiven, sondern auch höchstpersönlichen Kriegsverlierer erschien
uns Herr Hornig ausgesprochen ausgesöhnt mit seinem
Schicksal.

Nun ließe sich unterstellen, dass jenes legendäre Fünf-
Cent-Stück eigentlich nicht die geringste Verbesserung
seiner Lebensqualität zur Folge gehabt haben konnte.
Jedoch so verhielt es sich keineswegs, denn bald nach seiner
Rückkehr aus dem Lager war Herr Hornig, der seit seiner
Kindheit Münzen und Briefmarken sammelte, dem in der
Sowjetischen Besatzungszone gegründeten *Kulturbund
zur demokratischen Erneuerung Deutschlands* beigetreten,
und der Besitz der Messingfackel, die er ja in gewisser
Weise mit in die kulturelle Schatzkiste der Kreisgruppe
einbrachte sowie natürlich sein Fachwissen verhalfen
ihm binnen weniger Monate zum Ehrenamt des stellver-
tretenden Vorsitzenden. Viel erfreulicher aber als diese
rasche Karriere war Herrn Hornigs dem Kulturbund zu
verdankende Begegnung mit der Philatelistin Elfriede
Schmitz, die sich bis dahin allein um die Erziehung
zweier kleiner Töchter zu kümmern hatte, weshalb ihr ein
sie anhimmelnder humpelnder Huster allemal lieber war
als gar kein Mann.

Helmut Hornig und Elfriede Schmitz heirateten bald,
und ihre Beziehung sollte sich als durchaus tragfähig

16

herausstellen. Die beiden Mädchen, Christa und Walli, nahmen den neuen Vater gern an, und Herr Hornig freute sich nicht nur an Frau und Kindern, sondern auch an dem Motorrad mit Beiwagen, das sein Vorgänger unfreiwillig als Mitgift hatte zurücklassen müssen, als er in den Krieg gezogen war. Niemand vermochte es den vieren abzuspüren, dass Frau Hornig schon einmal verheiratet gewesen und Herr Hornig nicht der leibliche Vater der beiden niedlichen Mädchen war, die fröhlich aus der silbern glänzenden Gondel winkten, wenn es sonntags über Land ging. Und sogar Herrn Hornigs ausgiebige Hustenattacken gehörten schon nach wenigen Wochen für seine Familie wie auch für die Familien in den umliegenden Wohnungen des frisch bezogenen *AWG*-Neubaus so selbstverständlich zur Filmmusik des Zeitalters der Friedenstaube wie die Marschrhythmen am Ersten Mai und die irgendwann textlose Nationalhymne am Republikgeburtstag. So ließ es sich heranwachsen für Christa, Walli und uns andere, die wir im Laufe der Jahre immer mal wieder Hornigs kostbares Geldstück begutachten durften.

Als ich die Armeezeit hinter mich gebracht und zu studieren begonnen hatte, verguckte sich Walli, die ältere der beiden Hornig-Schwestern, die bereits Ende zwanzig und zur Verwunderung mancher noch immer ledig war, in ihren Cousin aus dem Hessischen, der, seinerseits ebenfalls in Leidenschaft entbrannt, von da an die raffinierte Mindestumtauschregelung der DDR, die lästigen Grenzkontrollen und sämtliche anderen Schikanen mit der Hürdenverachtung eines Berauschten in Kauf nahm und so oft wie irgend möglich zu seiner Liebsten in den Osten reiste. Weil man ihm an der Grenze zwar allerlei, jedoch nicht seinen Samen abnehmen konnte, und da Walli oder beide es eventuell auch darauf anlegten, geschah, was der biologisch-statistischen Wahrscheinlichkeit nach irgendwann passieren musste, worauf das junge Paar die notwendigen Anträge stellte, um dem zu erwartenden Kind die ihres Erachtens in jeder Hinsicht bestmöglichen Startbedingungen zu bieten. Dass sie für dieses Ansinnen bei den zuständigen Behörden im Osten kein Wohlwollen ernteten, versteht sich.

Während Walli Hornigs Bauch sich mehr und mehr wölbte, kursierten unterschiedliche Prognosen, ob, und wenn ja, wann, aber vor allem zu welchen Bedingungen deren Bestreben, in den Westen einzuheiraten, erfüllt werden würde, denn warum sollte ausgerechnet die ärmere Hälfte des geteilten Landes etwas an die reichere zu verschenken haben. Und als es dann plötzlich ganz schnell ging mit der Übersiedlung, so schnell, dass das Kind noch im Mutterleib ausreisen durfte, und Herr Hornig wenig später aus dem Kulturbund austrat, kam das hartnäckige Gerücht auf, dass man ihm als Preis für die wunschgemäße und relativ zügige Bearbeitung der Sache Wallis seine legendären fünf kanadischen Cent abgeknöpft hatte, eine Fama, die mir durchaus glaubhaft erschien. Und da mir Herr Hornig sowohl als Vater als auch als Sammler sehr leid tat und ich Angst vor eventuellen Gefühlsausbrüchen seinerseits hatte, hoffte ich schändlicherweise, ihm möglichst nicht über den Weg zu laufen, wenn ich das Wochenende zu Hause verbrachte.

Beinahe von den ersten Minuten meiner Anwesenheit auf heimischem Boden an wurde diese Hoffnung allerdings regelmäßig zerschlagen, denn Herr Hornig suchte – ähnlich wie Hinterbliebene nach Todesfällen mitunter intensiven Kontakt zu Leuten, welche die zu Betrauernden gut gekannt hatten, anstreben mögen – meine Nähe wie nie zuvor, wenn wir uns auch während unserer ausgiebigen, vom Husten zerteilten Gespräche über alles Mögliche jedoch kein einziges Mal über Walli und die Messingfackel unterhielten. So sollte es zehn Jahre lang gehen, bis meine Eltern mich eines Sonnabends mit der Nachricht willkommen hießen, dass Herr Hornig gestorben und schon seit einigen Tagen beerdigt sei. Sogar Walli nebst Mann habe einreisen und an der Feier teilnehmen dürfen und, ob ich es glauben werde oder nicht, die beiden hätten unmittelbar nach der Beisetzung nichts Besseres zu tun gewusst, als Herrn Hornigs Münzsammlung nach Schätzen zu durchforsten, unter denen sich zu aller Überraschung auch das berühmte kanadische Geldstück befunden habe.

Odontalgie

Meine verantwortungsbewussten Erziehungsberechtigten waren theoretisch richtig vorgegangen, als sie mich der zeitigen Gewöhnung wegen bereits in frühester Kindheit mit zum Zahnarzt nahmen. Auch hatten sie mit Medizinalrat Schröpel in seiner Villa am Stadtrand eine überlegte Wahl getroffen, galt er doch in unserer Gegend als Kapazität unter den Dentisten.

Und tatsächlich erwies sich der betagte Mann zunächst als wenig abschreckend für mich. Nachdem er in Gegenwart meiner händeringenden Angehörigen seinen fachmännischen Blick in meine milchzahnbewehrte Mundhöhle geworfen, mich dabei von seinen Raucherfingern schmecken lassen und wohlwollend genickt hatte, schenkte er mir als Anerkennung für meine bemerkenswerte Unvoreingenommenheit seiner Zunft gegenüber ein blechernes, leeres Zigarrenbehältnis, von dessen Deckel mir ein freundlicher Narr zuzwinkerte.

Allerdings begingen meine Eltern in ihrem pädagogischen Eifer unmittelbar darauf einen Fehler, der meinen gerade gewonnenen Glauben an die Harmlosigkeit des einzuübenden Besuches nachhaltig erschütterte: Sie duldeten nach kurzer Abstimmung meine Hospitation während ihrer Behandlungen. Und wie hätte ich beim Anblick meines sich windenden Vaters und beim lauten Stöhnen meiner Mutter nicht darauf kommen sollen, dass es sich bei dem, was der Mann im weißen Kittel in ihren Mündern veranstaltete, keineswegs um eine harmlose Stippvisite handelte.

Nach diesem überaus eindrücklichen Ereignis stieg mein Verbrauch an *Putzi* vorübergehend enorm, sodass ich meine ersten Zähne in einem Grad der Poliertheit verlor, der dem elfenbeinerner Klaviertasten in nichts nachstand. Auch war mir während jener Phase Ruhe vor Zahnärzten vergönnt, denn ehe ich wegen eines Wackelzahnes Gefahr lief, zu Schröpel oder Konsorten geschleppt zu werden, half ich mir doch lieber selbst und schaffte so meinen Zweiten freie Bahn. Gerade noch rechtzeitig zum Schulanfang standen sie wie auszuzeichnende Pioniere vollständig aufgereiht hinter meinen Lippen.

Da ich mir in Sachen Mundhygiene also keine Nachlässigkeit vorzuwerfen hatte, sah ich der ersten zahnärztlichen Reihenuntersuchung für meine Klasse mit relativer Gelassenheit entgegen. Obwohl sich die stomatologische Wanderpraxis ausgerechnet im Werkraum befand, ließ ich mich von der Hysterie zahlreicher meiner Schulkameraden kaum anstecken. Um so bitterer war es, die medizinische Nomadin während des Blickes in meinen Mund etliche, offensichtlich nichts Gutes verheißende topologische Begriffe, Zahlen und Fremdwörter diktieren zu hören, die zu einem Zettel für meine Eltern verarbeitet wurden. Der erweckte am Abend leider ihren auf mich bezogen Dentalaktivismus schlagartig wieder.

In Folge des Ablebens von Medizinalrat Schröpel war mit Dr. Büßer mittlerweile ein neuer Zahnarzt des Vertrauens für unsere Familie gefunden worden. Allein in seinem Wartezimmer – weder meine Mutter noch mein Vater hatten sich dazu hinreißen lassen, einen ihrer Termine mit dem meinen zu verknüpfen – machte ich mir Gedanken über das Phänomen sprechender Namen. War der Mann, auf dessen Behandlungsstuhl ich in wenigen Minuten sitzen würde, derjenige, der für etwas zu büßen hatte, und, wenn ja, wofür und womit? Oder waren seine Patienten die Büßenden, und zumindest die Frage nach dem Womit erübrigte sich?

Vor Angst und Ratlosigkeit suchte ich Ablenkung im Lesen jeglicher in dem karg möblierten Raum zu entdeckender Aneinanderreihung von Buchstaben und stieß nach Hinweistafeln zur Bekämpfung von Parodontose und Zahnstein sowie einem Pamphlet über den pfleglichen Umgang mit den Dritten auf einen unter Tageszeitungen vergrabenen Folianten mit dem verheißungsvollen Titel *Das Russische Wunder*. Dieses reich und drastisch bebilderte Buch vom Sieg des Sowjetsozialismus über die zaristische Folterherrschaft sollte mir fortan dabei helfen, die von Dr. Büßer zu erwartenden Qualen im Vorhinein zu relativieren.

Obgleich der Doktor schon einen jener neuen, ultraschnellen wassergekühlten Bohrer besaß, konnte von einer schmerzarmen Behandlung meines Empfindens nach keine Rede sein. Mit den Worten, „Da kann ich ja meinen kleinen Finger drin verstecken!", schilderte er mir den Durchmesser der Löcher in meinen Zähnen und fing unmittelbar darauf damit an, mir unter Verwendung der schauderhaftesten Instrumente die ersten wirklichen Zahnschmerzen zu bereiten und damit eine Partnerschaft der Pein zu begründen, die bis zu meinem Abitur regelmäßig erneuert und durch reichlich Amalgam besiegelt werden sollte.

Mit meiner Einberufung zur Armee wurde ich sowohl der Fürsorglichkeit meiner Eltern als auch Büßers desinfektionsmittelgeschwängertem Dunstkreis entrissen. Der Gedanke, mich irgendwann einmal freiwillig in den *MED-Punkt* meiner Kaserne zu begeben, um mich dort einem Berserker mit reichlich Sternen auf den Schulterstücken auszuliefern, erschien mir so abwegig wie die Verbringung meiner dienstfreien Stunden auf der Sturmbahn. Allerdings begannen meine Kauwerkzeuge bereits zum Ende des ersten Diensthalbjahres untrügliche Signale auszusenden.

Der Zufall wollte es, dass ausgerechnet in jenen Tagen, als die Schmerzen in einem meiner Backenzähne überdeutlich an Heftigkeit zu gewinnen begannen, im Kulturhaus unseres Bataillons der Film *700 Meilen westwärts* lief. In diesem Streifen sah ich einen vom Zahnweh geplagten Cowboy mit Hilfe einer zur Krone umfunktionierten abgesägten Patronenhülse Linderung erfahren. Das kannst du auch, dachte ich mir, zumal mir neben Geschosshülsen verschiedener Kaliber auch das nötige Werkzeug und vor allem sehr viel Zeit zu Verfügung stand. Binnen weniger Abende fertigte ich mir so einen fast perfekt sitzenden Zahnschutz, der mich wieder auf beiden Seiten zubeißen ließ und mir weit bis ins fortgeschrittene Stadium einer saftigen Kieferentzündung treue Dienste leistete.

Hauptmann Dupont in der Zahnarztpraxis neben dem Stabsgebäude trug zu meiner Überraschung nicht nur Uniform, sondern auch Brüste unter dem Kittel. Ich will nicht behaupten, dass wir miteinander fachsimpelten, aber ein gewisses Maß an kollegialer Anerkennung meinte ich dem Blick der Militärärztin schon entnehmen zu können, als sie meine Neun-Millimeter-Krone, meinen Makaroff-Behelf mit ihrer glänzenden Zange ins Licht der Operationslampe hielt. Leider hielt sie wenig später auch die dazugehörige Zahnruine in die Höhe und versetzte mir mit der Bemerkung, „Na, da wollen wir mal lieber keine Selbstverstümmelung draus machen", in einen nachhaltigen Schreck.

Trotz meiner Neigung zur zahnärztlichen Selbstversorgung entschloss ich mich nicht, ein Studium in dieser Richtung aufzunehmen, sondern schlug eine vollkommen andere ein. Und abermals musste ich mich mit dem mittlerweile beängstigende Phantasien auslösenden Gedanken vertraut machen, im Bedarfsfall einem neuen Dentisten in die Hände zu fallen. Nur reichte mein Vorstellungsvermögen nicht annähernd so weit, mir auszumalen, es könnten gleich etliche dieser Peiniger nacheinander sein. Aber genau so verhielt es sich. Denn da an der Universität meiner Wahl auch Stomatologie studiert wurde, galt die Order, dass Stundenten nur von Studenten behandelt werden durften. Irgendwann musste schließlich mit den Übungen am lebenden Objekt begonnen werden.

Nach mehreren vergeblichen Versuchen, einen ausgelernten Arzt in der Stadt mit mehr als nur meiner notdürftigen Behandlung zu befassen, fand ich mich zu Beginn meines zweiten Studienjahres in einem Universitätssaal wieder, der von Horrorspezialisten eingerichtet worden zu sein schien. Zahlreiche mit sämtlichen Foltergeräten ausgestattete, nur optisch durch spanische Wände voneinander getrennte Zahnarztarbeitsplätze waren dort nebeneinander angeordnet. Und an nahezu all diesen Plätzen machten sich Halbgewalkte wie ich an den Zähnen unseresgleichen zu schaffen. Deshalb war der Raum von einem permanenten Surren, Aufjaulen, Knirschen, Bersten, Gurgeln, Speien, Ächzen und Wimmern erfüllt.

Aber auch an Hilferufen mangelte es nicht, denn wenn eine angehende Zahnärztin respektive ein angehender Zahnarzt nicht weiter kam mit dem gerade im Einsatz befindlichen Werkzeug oder gar einen Schaden damit angerichtet hatte, den auch andere Studierende nicht zu beheben vermochten, musste eine Fachkraft her, um weiterzuhelfen, Schlimmeres zu verhüten, Reparables zu reparieren oder Irreparables zu konstatieren. Und es wurde oft nach dem einzigen wirklichen Arzt im Saal verlangt.

Bis ich allerdings in den Genuss kam, meine eigene Behandlung durch sein finales Eingreifen gekrönt und vorerst abgeschlossen zu sehen, hatten sich nacheinander bereits fünf Auszubildende beiderlei Geschlechts an mir vergangen. Wobei diese Fluktuation zunächst dadurch zustande kam, dass sie offensichtlich im Rahmen ihrer behandlungspraktischen Versuche jeweils noch anderes abzuarbeiten hatten. Weshalb hätten sie einander sonst von Zeit zu Zeit Sätze wie, „Hat noch jemand eine Resektion offen?" oder „Ich müsste mir noch ein Lippenbändchen vornehmen!", zurufen sollen. Die Komplikation durch die nach der Vierteilung eines Weisheitszahnes in meine Kiefernhöhle geratene Wurzelspitze, die wiederzufinden und zu bergen zur Chefsache erklärt werden musste, trat erst relativ spät ein.

Die Mädchen in der Studentenbude, auf der ich am liebsten verkehrte, schrien auf, als ich ihnen nach fünf Stunden nahezu ununterbrochener Drangsal vor die Augen und auf das erstbeste Bett wankte, und rissen sich geradezu darum, ihre Qualitäten als zukünftige, treu sorgende Frauen und Mütter an mir unter Beweis zu stellen. Und während ich sie bis spät in die Nacht selbstgefertigte Eisbeutel für mein entstelltes Gesicht herzutragen sah und dieses Staffellauf der Zuwendung mit Dankbarkeit und spürbarem Kräftezuwachs registrierte, stellte sich mir die Frage, ob die vitalen Objekte für die Ausbildung zum Gynäkologen wohl ebenfalls zwangsverpflichtet wurden.

Auch Elisabeth, einer bereits verheirateten, deutlich älteren Kommilitonin, deren Mann Kapitän auf einem Handelsschiff und viel unterwegs war, kam mein Foltererlebnis zu Ohren. In ihrem Mitgefühl unterbreitete sie mir darauf den Vorschlag, einen Passierschein für den Überseehafen zu besorgen. Der sollte es mir ermöglichen, eventuell anstehende Folgebehandlungen im Sperrgebiet über mich ergehen zu lassen, wo angeblich sowohl medizinisches Weltniveau als auch Rechtsstaatlichkeit herrschten. Allerdings lud sie mich zum Zwecke der Vertiefung dieses Gedankens in ihre Neubauwohnung ein, wohin ich mich nach reiflicher Überlegung dann doch lieber nicht begab.

Durch das jüngste Zahnarzterlebnis hatte sich meine Liebe zu meinem Land von einer eher blinden zu einer leidenschaftlichen gewandelt. Aber da ich meine Inbrunst weitgehend für mich behielt, wagte ich gegen Ende des Studiums zu hoffen, mein Berufsleben wunschgemäß in einer der wenigen tosenden Metropolen des Landes beginnen zu dürfen. Jedoch verbannten mich die Absolventenlenker mit den vermutlich nicht von Ungefähr gewählten Worten, „Diesen Zahn können wir Ihnen ziehen!", an einen Ort, der derartig abgelegen und schwer zu verlassen war, dass man ihn bereits kurz nach Gründung der Republik zur Läuterung umerziehungswürdiger

Jugendlicher beziehungsweise Pädagogen auserkoren hatte.

Eines Tages sah ich einen jungen Mann im Arztkittel neben dem Tor meiner Arbeitsstätte auf einem Mäuerchen sitzen und in die Sonne blinzeln. Da kein Martinshorn zu hören war und kein Krankenwagen im Hof stand, konnte er nicht wegen der üblichen Einsätze gekommen sein. Es stellte sich bei mehreren gemeinsam geleerten Flaschen Bier heraus, dass er von Beruf Zahnarzt und in unser Dorf entsandt worden war, um hier – wie auch ich – für noch unbestimmende Zeit unter Beweis zu stellen, dass er zu schätzen wisse, wie viel der Staat in seine Ausbildung gesteckt hatte. „Aber hier gibt es doch überhaupt kein Behandlungszimmer!", rief ich in der festen Überzeugung, er wolle mich veralbern, worauf er einen rostigen, zweibärtigen Schlüssel aus der Tasche zog und mich angrinste.

Raum und Inventar im Keller der Erziehungsanstalt waren angeblich seit dreißig Jahren nicht mehr genutzt worden. Und das mochte stimmen, denn selbst in Medizinalrat Schröpels Reich hatte es, sofern meine Erinnerung nicht trog, moderner ausgesehen. Mein neu gewonnener Leidensgenosse kam aus dem Schwärmen nicht heraus, als er mir die ihm zur Verfügung stehenden historischen Apparaturen, Werkzeuge und Präparate erklärte. Regelrecht gekrönt schien seine Begeisterung durch zwei unscheinbare Gasflaschen mit der Aufschrift *Distickstoffmonoxyd* zu werden, deren Inhalt bei ihm schon allein durch die Übersetzung in den Trivialnamen Wirkung zeitigte. Aber vielleicht lachte er auch nur, um nicht weinen zu müssen.

In einem Stummfilm mit Laurel und Hardy hatte ich einmal die Wirkung von Lachgas auf anschauliche, über die Maßen ansteckende, jedoch meines Erachtens reichlich übertriebene Weise demonstriert bekommen. Nachdem das Gas allerdings in meinem eigenen Körper und Geist seine wunderbaren Effekte hervorzurufen begann, hielt ich eine Zeit lang vieles für möglich. Selbst das vorübergehende persönliche Erscheinen des Hofnarren von der Zigarrenpackung des Medizinalrates wunderte mich nicht. Und auch mein designierter Zahnarzt schien seinen skurrilen Verrenkungen nach die helle Freude zu durchleben.

Obwohl er mit einer Ausstattung arbeiten musste, die zu einem Teil aus Vorkriegsmaterial und zum anderen aus Taufgeschenken der Sowjetunion bestand, legte ich in Anbetracht unserer rasch inniger werdenden Freundschaft und des uns zur Verfügung stehenden Sedativums alsbald das Schicksal meiner Zähne in seine unerfahrenen Hände und wurde für meinen Mut mit einem zumindest vorübergehend perfekt sanierten Gebiss belohnt. Und auch einige sehr alte und entsprechend zahnarme Leute aus dem Dorf brachten schon der Bequemlichkeit wegen den Mut auf, sich in der Kellerpraxis behandeln zu lassen. Dass die von Zahnschmerzen geplagten unter den renitenten Jugendliche aus den Geschossen darüber in meines Lachgassponsors Obhut gerieten, verstand sich von selbst.

Nicht lange danach jedoch sollten uns die politischen Ereignisse sowohl voneinander als auch von den Gasflaschen trennen. Innerhalb weniger Monate wurde das halbe Dorf arbeitslos. Die gestern noch umzuerziehenden Halbwüchsigen entpuppten sich sämtlich als aus dem Verkehr gezogene Regimegegner oder deren Nachkommen. Und die einrichtungseigene Zahnarztpraxis geriet samt meinem Freund auf ein großformatiges Zeitungsfoto, über dem der Ausruf, „Nun kann er nicht mehr foltern!", prangte. Aber wenigstens wurde zeitgleich der Schnaps billiger.

Nur meine Zähne, die nun zu allem Übel auch noch mit einem Überangebot an Süßwaren zu kämpfen hatten, ließen sich auf die Dauer nicht betäuben und verlangten bereits drei Jahre nach dem Ereignis des Jahrhunderts erneut fachmännisches Eingreifen. Da ich mich außerdem darüber ärgerte, dass ich plötzlich Mitglied einer Krankenkasse war, die monatlich mehr Geld von mir verlangte als ich in meinem ganzen bisherigen Leben für ärztliche Behandlungen hatte aufwenden müssen, gab es also gleich zwei triftige Gründe für mich, wieder einmal auf einen Hubstuhl mit Liegefunktion zu steigen.

Nach Hauptmann Dupont und zwei von Angstschweiß triefenden anonymen Stomatologiestudentinnen, geriet ich in Gestalt von Frau Dipl.-Stom. Evelyne Sennerlaib der vierten Frau meines Lebens unter den Bohrer. Sie war ausgesprochen attraktiv und zeichnete sich beruflich vor allem dadurch aus, dass sie den Ehrgeiz zu haben schien, Zähne zu retten, die andere an ihrer Stelle vermutlich längst extrahiert hätten.

Über ihr Privatleben machte ich mir kaum Gedanken. Ich wähnte sie einfach in jeglicher Hinsicht wohlversorgt. Jedoch als ich ihr während einer recht schmerzhaften Behandlung hilfesuchend in ihre schönen Augen sah, bemerkte ich, dass es eher an mir war, ihr zu helfen. Sie hatte offensichtlich nichts außer ihrem Beruf, und ihr Blick setzte eine derartig starke Zuneigung in mir frei, dass ich im selben Moment vollkommen schmerzresistent wurde.

Es kam einem Wunder gleich. Vermutlich waren meine Nerven nicht dazu in der Lage, zwei Signale von vergleichbar hoher Intensität parallel zueinander zu verarbeiten oder weiterzuleiten und erteilten erfreulicherweise der besseren Botschaft Vorrang. Ich konnte den Zahnarztbesuch ab sofort mit einer positiven Emotion verbinden. Lag es da nicht nahe, keinen Tag mehr zu zögern, wenn sich auch nur das kleinste Anzeichen für einen Zahnschaden einstellte? Und lag es nicht noch näher, Frau Dipl.-Stom. Sennerlaib auch einmal um einen Termin außerhalb ihrer Sprechzeiten zu bitten?

Fund

Wenn er auf seinen Jagden einen Karton voller Schallplatten entdeckte, den er noch nicht durchforstet zu haben glaubte, stimmte er unwillkürlich einen merkwürdigen Singsang an, über dessen Sinn er bisweilen ins Rätseln geriet. Vielleicht wollte etwas in ihm das Lustgefühl, eventuell unmittelbar vor einer lang ersehnten Wunscherfüllung zu stehen, durch zusätzliche musikalische Untermalung steigern. Möglicherweise auch trachtete sein Hirn danach, die ob der köstlichen Situation jäh einsetzende affektive Erregung etwas zu dämpfen, damit ihm nicht etwa das Herz zersprang. Oder aber er zielte mit seinem leisen Gesang unbewusst darauf ab, in der Nähe befindlichen Jägern gleich ihm den Eindruck größter Gelassenheit zu vermitteln, um deren ohnehin gespannte Aufmerksamkeit nicht durch verräterische Signale ausgerechnet auf seinen potenziellen Fund zu lenken. Und abgesehen von alledem machte es sich auch gegenüber den jeweiligen Händlerinnen und Händlern ganz gut, routiniert-hastiges Auseinanderfächern der Plattencover als beiläufiges Stöbern erscheinen zu lassen, damit sie gar nicht erst auf den Gedanken eines eventuell hohen Wertes von Teilen ihrer Ware kommen konnten. Denn das war das Gute an Flohmärkten im ländlichen Raum: Es fanden sich dort neben den professionellen auch immer wieder Anbieter ein, die keine Ahnung davon hatten, dass man nicht jede Scheibe für ein, zwei Euro verschleudern musste, sondern dass es durchaus Pressungen gab, für die es eigentlich zwei-, ja dreistellige Summen zu verlangen galt. Selten genug freilich trug sich der Glücksfall zu, auf so jemand Unbedarften zu treffen, denn die Profis ergänzten ihre Bestände oft durch gleich kistenweise Verdachtskäufe von den Amateuren, die sich daraufhin wiederum einbilden durften, mit 50 Euro auf einen Schlag das Geschäft des Tages gemacht zu haben.

War er noch vor wenigen Monaten damit zufrieden gewesen abzuwarten, bis irgendwo in der Nähe seines Wohnortes für ein paar Stunden *Antikes und Trödel* feilgeboten wurden, hatte er sich inzwischen Informationsquellen erschlossen, die ihm, wenn er denn bereit war, fünfzig und mehr Kilometer zu fahren, für nahezu jedes Wochenende die Komplettierung seiner Sammlung versprachen. Und Aussicht darauf bestand ja in der Tat und eben besonders dann, wenn er möglichst keinen mit halbwegs vertretbarem Aufwand erreichbaren Flohmarkt ausließ. Und so fuhr er denn Samstag für Samstag über Land, die aufgewandte Zeit und das Spritgeld für seine Leidenschaft nahezu völlig außer Acht lassend und das schlechte Gewissen der Frau und den mittlerweile flügge gewordenen Kindern gegenüber mit dem Vorsatz niederhaltend, gegebenenfalls auch für sie etwas Schönes von der Reise mitzubringen.

Einmal, ganz zu Anfang seiner Passion, hatte sich seine Gattin dazu hinreißen lassen, ihm beim Besuch eines Trödelmarktes im Saal des Nachbardorfes Gesellschaft zu leisten, aber das Menschengewimmel, das nur zu durchdringen war, indem man seinen Leib permanent an anderen Leibern rieb, und der penetrante Geruch nach Schweiß und Eau de Toilette vor allem aber nach Rumpelkammer, muffigem Keller, verkommenem Hausrat, Sterbezimmer und Nachlass waren ihr Anlass genug, es bei dieser einen Begleitung bewenden zu lassen. Und sein Verständnis dafür hätte größer nicht sein können, denn da er selbst auch über einen ausgeprägten Geruchssinn verfügte, konnte er ihren Wahrnehmungen nur recht geben und brauchte sich, da sie ihn fortan also mit gutem Grund allein ziehen ließ, nur noch um seine eigenen Empfindungen zu kümmern, die sich wiederum durch wachsendes Jagdfieber ganz gut in Schach halten ließen.

Das Beste an dem Sammelgebiet, das ihn auf Trab hielt, war, dass es als abgeschlossen galt. Dieser, in jedweden Sammlerkreisen gepriesene Umstand trat dann ein, wenn eine Epoche, deren Anfang sich möglichst klar definieren ließ, nicht minder eindeutig geendet hatte. Versunkene Kontinente, politische Machtwechsel, pleite gegangene Firmen, sich nicht mehr rechnende Zeitschriften, verstorbene Autoren, Maler, Tonkünstler und andere mehr, kurz: Jeder Tod war aus sammlerischer Sicht ein Segen. Und so wäre es im Grunde gleich gewesen, auf welche Objekte seines einstigen Landes er seine Leidenschaft richtete, wenn es nicht speziell bei den Schallplatten der mit dem Land verschiedenen Labels noch zusätzlich die Freude des Hörens, des Wiederhörens gegeben hätte, die er sich so oft zu verschaffen trachtete, wie seine zeitlichen und familiären Verhältnisse dies eben zuließen.

Bei den meisten Märkten waren die Tische zu einem Oval oder Rechteck gestellt, durch deren Inneres sich weitere parallel angeordnete Tischreihen zogen – eine vernünftige Anordnung, die zu erfassen allerdings den Unkundigen vor allem bei starkem Besucherandrang nur schwer gelang, weshalb sie Gefahr liefen, desorientiert herumgeschoben zu werden. Damit ihm dies nicht geschah und um sich auch nicht einen einzigen Stand entgehen zu lassen, hatte er, der mittlerweile Erfahrene, ein

Bewegungs- und Blickrichtungssystem für sich festgelegt, an das er sich penibel hielt. Freilich barg es unbestreitbar eine grundsätzliche Tücke: Es konnte geschehen, dass sich nur zwei Meter entfernt in seinem Rücken, also in einer Richtung, die laut Plan erst später seine Interesse finden sollte, eine paradiesisch große Plattensammlung befand, über die sich inzwischen andere hermachten, während vor ihm lauter unattraktive Scheiben standen, die seine Aufmerksamkeit banden, ihm Schmerzen im Kreuz verursachten und seinen kaum begonnenen Singsang ersterben ließen. Aber derartige unglückliche Zufälle ließen sich nun mal nicht vermeiden.

Er hatte an diesem Samstag eine besonders lange Fahrt angetreten, um zu einem Städtchen zu gelangen, das ihm wegen seiner Abgelegenheit und weil dort noch nie zuvor ein Flohmarkt stattgefunden haben sollte, besonderes verheißungsvoll erschien. Mehr als zwei Stunden war er über regennasse Chausseen gefahren, und hunderte von Bäumen, deren Kronen sich der Jahreszeit gemäß lichteten und ihn an sein zusehends schütter werdendes Haar denken ließen, waren an ihm vorbeigezogen. Ach, wie Vielem war er nicht schon nachgejagt im Laufe seines Lebens. Was alles hatte ihm nicht schon Zufriedenheit versprochen, wenn er es erst sein Eigen nennen würde. Und welche einst mit kurzem inneren Jubel errungenen Trophäen ruhten nicht bereits seit Ewigkeiten in irgendwelchen Alben, Regalen, Schränken und Kisten oder auch ausschließlich in seinem Innern – verborgene Zeugnisse enttäuschter Hoffnung, die ihn an Lebensabschnitte gemahnten, welche mit dem jetzigen gemein hatten, durch Sammeln erträglicher gemacht werden zu sollen.

Als er sich jedoch am Ziel seiner Fahrt sah, waren solche Gedanken schlagartig verflogen. Sofort erfasste er, dass er abermals sein gewohntes Erkundungssystem in Anwendung bringen konnte und begab sich konzentriert in das Getümmel. Mehrmals fühlte er sich veranlasst, seinen Singsang zu beginnen, und ebenso oft hörte der Gesang wieder auf, wenn seine flinken Finger ihm das letzte Plattencover eines Kartons vor Augen führten. Er ertrug Püffe und Flüche, Hitze und Harndrang, Gestank und maßnehmende Händlerblicke und hatte doch binnen anderthalb Stunden eine Beute von lediglich drei Scheiben zusammengetragen, die gar nicht auf seiner Suchliste standen, aber sein Sammelgebiet immerhin tangierten und ihm damit zumindest geeignet erschienen, ihn zu trösten und die lange Anfahrt halbwegs zu rechtfertigen.

Enttäuscht trottete er schon dem Ausgang entgegen, als er neben den Toiletten einen lädierten Campingtisch stehen sah, der ihm bei der Ankunft nicht aufgefallen war, einen von allerlei verdrecktem Kram bedeckten Tisch mit einem verhärmten Mann dahinter, der kaum älter sein mochte als er selbst und von den Hereinströmenden konsequent übersehen wurde. Am Fuße des Tischchens stand ein halb aufgeschlagenes, von einer Schmutzschicht überzogenes Schallplattenalbum. Und indem er sich nach ihm bückte, es roch und berührte, musste er plötzlich an seine Frau denken, musste daran denken, wie sie einmal und nie wieder mit ihm zum Flohmarkt gekommen war und daran, was sie in diesem Moment wohl gerade machte. Aber schon war er wieder bei der Sache, widerstand tapfer der Versuchung, sich nach jedem einzelnen Umblättern die Hände an der Hose abzuwischen, und stieß ganz ohne zu singen unvermittelt und mit einem inneren Aufschrei auf eine Hülle samt darin enthaltener, kaum versehrter Platte, die er seit seiner frühesten Kindheit nicht mehr gesehen und gehört hatte.

Eiligst verließ er den Markt. Gar nicht schnell genug konnte ihn das Auto durch die Dunkelheit nach Hause tragen. Ungehindert stürzte er zum Plattenspieler. Größte Behutsamkeit ließ er walten, als er seinen Fund auflegte und das Wiedergabegerät in Gang setzte. Den Atmen anhaltend bangte er dem Beginn der Musik entgegen und vernahm endlich eine Melodie, die einem Singsang glich, einem Singsang, der im wohlbekannt war, befand sich wieder in den Wänden seines Heranwachsens, befand sich als ganz kleiner Junge in seinem Kinderzimmer durch dessen verschlossene Tür vom Wohnzimmer her nochmals und nochmals eben diese Melodie ertönte, während er an weißen Kärtchen aus Pappe, an seinen allerersten Sammelobjekten roch, an Deckkärtchen, die aus den Bohnenkaffeetüten seiner Mutter stammten, seiner Mutter, die immer so einsam gewesen war, dass selbst seine Existenz ihr keinen Trost zu spenden vermochte.

Die ihm zugedachten Zeilen auf dem Tisch entdeckte er erst, nachdem er sich vorläufig satt gehört hatte.

Glücklicher Vater

Ich glaubte immer, mein Vater hätte sich sein Leben lang nichts Ernsthaftes zuschulden kommen lassen. Aber dann entdeckte ich in seinem Nachlass ein Bild, das mich eines anderen belehren sollte. Es handelte sich um eine verwackelte Schwarz-Weiß-Fotografie von halber Postkartengröße, auf der er als junger Mann im Unterhemd und mit zerwühlten Haaren in einem mir unbekannten Zimmer zu sehen war. Die Arme unterhalb des Bildrandes aufgestützt, stand oder kniete er den Kopf weit vorgestreckt, als wolle er der Person hinter dem Sucher möglichst nahe sein, und strahlte, wie nur jemand strahlen kann, der vollkommen sicher ist, am Ziel all seiner Sehnsüchte angekommen zu ein. Im Bildhintergrund sah ich neben einem Fenster einen Sessel stehen, über dessen Rückenlehne Kleidungsstücke geworfen waren. Hinter dem Fenster ließ sich ein Ausschnitt des Gebäudes auf der gegenüberliegenden Straßenseite erkennen, an dessen Front eine glänzende Löwenskulptur auffiel.

Dass jene, tief in einer Schublade von meines Vaters Schreibtisch verborgene Fotografie dem Datum auf ihrer Rückseite nach bereits vor der Eheschließung meiner Eltern und damit auch vor meiner Geburt aufgenommen worden war, nahm ihr nichts von der Wucht, mit der sie mich traf, im Gegenteil. Denn nie, mein ganzes Heranwachsen lang nicht, zu keiner ihrer Natur nach noch so freudvollen Gelegenheit hatten ich meinen Vater derartig glücklich sehen können. Immer war da ein ABER in seinem Blick gewesen, als habe er sagen wollen, dass dies ja alles gut und schön sei und gewiss ein Grund zur Freude, jedoch für ihn leider nur in eingeschränktem

Maße, da es gegen das Eigentliche nicht ankäme. Und weil er vor wenigen Monaten mit gerade mal sechzig Jahren gestorben war, würde ich ihn auch in Zukunft nie derartig einverstanden mit der Gegenwart erblicken können wie auf diesem Stückchen Fotopapier.

Ich fühlte mich deshalb betrogen und bildete mir ein, ein Recht darauf zu haben, zu erfahren, unter welchen Umständen er derartig froh hatte aufgenommen werden können. Meine Mutter einfach mit dem Bild zu konfrontieren, unterließ ich tunlichst. Sie verwandte seit ihrem Eintritt in den Witwenstand alle Energie darauf, sich ihre Ehe schönzuerinnern. Auch meine Großmutter väterlicherseits schied, weil sie längst gestorben war, als Informationsquelle aus. Ich errechnete, dass mein Vater beim Zustandekommen des Schnappschusses achtzehneinhalb Jahre gewesen sein musste. Weil er meiner Kenntnis nach während dieser Zeit noch in trauter Zweisamkeit mit seiner Mutter gelebt hatte, lag es nahe, die Hausfront mit der Löwenskulptur zunächst in seiner Heimatstadt zu vermuten. Und plötzlich meinte ich, mich erinnern zu können, dort als Kind während eines Ferienaufenthaltes bei meiner Oma ein Gebäude mit solch einem Wahrzeichen gesehen zu haben.

Seit dem schon fast zwanzig Jahre zurückliegenden Tod seiner Mutter war mein Vater zweimal jährlich zur Pflege ihres Grabes in die Stadt seines Heranwachsens gefahren. Da ich mich ab sofort statt seiner darum kümmern zu müssen glaubte, kam mir die Idee, diese Aufgabe zum Anlass zu nehmen, vor Ort weitere Nachforschungen anzustellen. Sobald ich es einrichten konnte, reiste ich in die verschlafene Kleinstadt, fand den Löwen meiner Erinnerung sofort und zweifelte nach vergleichender

Betrachtung des Fotos mit noch anderen Details der Fassade nicht mehr daran, dass es sich um das gesuchte Haus im Bildhintergrund handelte. Also musste mein Vater in einem Zimmer auf der anderen Straßenseite fotografiert worden sein. Fest auf ein bewohntes Gebäude aus, enttäuschte es mich sehr, nach meiner Kehrtwendung auf ein Bürohaus zu blicken.

Sinnvollerweise hatte ich die weite Reise aber ja noch aus einem anderen Grund unternommen und zögerte nun nicht länger, dem Friedhof den geplanten Besuch abzustatten. Allerdings musste ich unverrichteter Dinge wieder abziehen, denn nachdem ich das Grab meiner Großmutter eine halbe Stunde lang vergeblich gesucht hatte, erfuhr ich von einem neugierig gewordenen Gärtner, dass die Stelle, an der es sich befunden hatte, längst neu belegt worden war – „Zum Glück!", wie der Wettergegerbte kommentierte, denn solch eine von Grund auf vernachlässigte Grabstätte sei eine Schande für die ganze Anlage gewesen. Worauf ich ihn der maßlosen Übertreibung zu überführen gedachte, indem ich kundtat, dass mein Vater, der Sohn der Verstorbenen, seit deren Ableben eigens und immer wieder sowohl im Frühjahr als auch kurz vor dem Winter eine lange Fahrt unternommen, ja ein Zimmer gebucht habe, um eben diese Ruhestätte in bestmögliche Ordnung zu bringen – in den Augen des Mannes offensichtlich eine reine Erfindung, die er mit traurigem Kopfschütteln quittierte.

Im Anschluss an einen ausgiebigen Spaziergang nahm ich Quartier im *Goldenen Löwen* und beschloss, dort auch Abendbrot zu essen. Ich war allein in der Gaststube, wählte einen Tisch am Fenster zur Straße und starrte nach gegenüber – offensichtlich intensiv oder oft genug, um den Wirt neugierig zu machen. So kamen wir ins Gespräch, und ich erfuhr im Laufe des Abends, dass um die Zeit, in der das Foto meines glücklichen Vaters aufgenommen worden war, eine damals etwa dreißigjährige Frau auf der anderen Straßenseite gewohnt hatte, eine Frau, inzwischen mehrmals verheiratet und ebenso oft wieder geschieden, die noch immer in der Stadt lebte. Darüber hinaus wurde ich darin eingeweiht, dass sie früher in dem Ruf gestanden habe, häufig ihre Sexualpartner zu wechseln und möglicherweise sogar ihren Körper und ihren Erfahrungsschatz gegen Geld zur Verfügung zu stellen. Und mit einem Mal wurde mir bewusst, dass ich fest entschlossen war, am nächsten Tag eine Frau um die siebzig wegen meines wackelnden Vaterbildes zu behelligen.

Ich hatte mich telefonisch angemeldet und auch mitgeteilt, dass ein Todesfall der Anlass meines Besuches sei. Es öffnete mir eine zierliche Person mit halblangem, dunklem Haar, die mich wortlos mit in ihre Wohnung und ihr farbenfrohes Wohnzimmer nahm, wo wir uns an einen Tisch mit Tee und Gebäck setzten. Lange betrachteten mich ihre braunen, eine große Wärme ausstrahlenden Augen, ehe sie mit ruhiger Stimme fragte, wann und wie mein Vater, der durch mich bis dahin mit keiner Silbe erwähnt worden war, gestorben sei. Nachdem ich ihr geantwortet hatte, schenkte sie ein, und wir nippten eine Zeit lang schweigend an den Teeschalen. Anstatt zu erklären, weshalb ich gekommen war, holte ich schließlich die alte Fotografie hervor und legte sie neben ihren Teller. Darauf flog beinahe augenblicklich ein Lächeln über ihr Gesicht. Nun vollends sicher, die Gesuchte vor mir zu haben, wartete ich gespannt darauf, ob sie erzählen würde.

Und nachdem sie das Bild in die Hand genommen und eine Weile versonnen betrachtet hatte, sollte ich erfahren, dass die zwei tatsächlich vor mehr als vier Jahrzehnten ein Paar gewesen waren – ganze drei Tage und Nächte allerdings nur, denn für länger hatte meine Großmutter sie, die Rehäugige, die aufgrund einer schicksalhaften Fügung getroffen zu haben mein Vater sich auf dem Foto noch einbildete, nicht bezahlt. „Ich möchte jetzt allein sein", beendete sie ihre Auskunft, ehe ich etwas sagen konnte. An der Tür streichelte sie mich zum Abschied auf eine besonders zärtliche Weise, indem sie ihren Handrücken langsam von meiner Schläfe bis zu meinem Kinn gleiten ließ und meiner Nasenspitze mit dem Daumen einen kleinen Stups versetzte – eine Liebkosung, die ich mit glücklichem Schauder wiedererkannte, weil mein Vater sie mir manchmal geschenkt hatte. Die Frau danach zu fragen, wann die beiden einander zum letzten Mal begegnet waren, wagte ich nicht.

Die Begegnung

I

Jeder Einrichtungsgegenstand in der Wachstube des Kontrolldurchlasses hatte eine dienstliche Bestimmung. Deshalb wirkte der Raum kalt. Dieser Eindruck wurde durch die zahlreichen Kritzeleien auf dem Mobiliar nur noch verstärkt. In der Stube befanden sich zwei Soldaten und ein Unteroffizier. Draußen am Durchgang stand ein Gefreiter. Die Männer sahen müde aus. Während der Unteroffizier von Zeit zu Zeit auf die Uhr blickte, säuberten die Soldaten den Raum.

Der Unteroffizier drückte seine Zigarette in einer Konservendose aus und öffnete das Wachbuch. Er war gerade im Begriff, eine Eintragung vorzunehmen, als der Gefreite ans Fenster klopfte und in Richtung Stabsgebäude nickte, von wo aus sich eine Gruppe bewaffneter Uniformierter näherte.

Der Unteroffizier legte den Kugelschreiber beiseite und trat neben ihn vor die Tür.

Der Gefreite lächelte. „War keine schlechte Wache."

Auch auf dem Gesicht des Unteroffiziers zeichnete sich ein Lächeln ab.

„Die machen uns keine Probleme. Ich kenne den Wachhabenden", murmelte der Gefreite.

Die Übergabe verlief reibungslos.

Die vier Männer verließen den Kontrolldurchlaß. Vor dem Haupttor ließ der Unteroffizier den Trupp halten und wandte sich dem Gefreiten zu. „Du kannst jetzt zurück in deine Einheit gehen."

Der Gefreite streckte dem Unteroffizier seine Hand entgegen. „Schön, dich kennengelernt zu haben. Vielleicht

42

sehen wir uns draußen irgendwann wieder. Halt die Ohren steif!"

„Vielleicht", erwiderte der Unteroffizier und befahl den beiden Soldaten weiterzumarschieren. Sie hielten auf einen Lastkraftwagen zu.

Als die Soldaten dessen Heckklappe herunterließen, blickte sich der Unteroffizier noch einmal um. Der Gefreite war schon in einem der Blöcke verschwunden.

II

Der Gefreite saß vor einem Bogen Papier im Klubraum seiner Einheit. Er war allein. Von nebenan aus dem Fernsehraum drang hin und wieder ein Grölen und Pfeifen zu ihm herüber.

Er starrte eine Zeit lang aus dem Fenster. Dann nahm er seinen Füllhalter und begann zu schreiben:

Meine liebe Marion!

Heute ist mir ganz besonders danach, mit Dir zu sprechen. Obwohl uns nicht einmal eine Stunde Weg trennt, bleibt mir dafür wieder einmal nur das Briefpapier. Aber das ist besser als gar nichts. In meinen Gedanken bin ich jetzt ganz in Deiner Nähe. Und wenn nichts dazwischenkommt, werden wir uns in drei Tagen wiedersehen. Ich habe den Ausgang schon beantragt.

Daß ich gerade heute so gern mit dir reden möchte, liegt an einer Begegnung, die ich während der zurückliegenden Wache hatte.

Ich habe einen Unteroffizier aus der anderen Kaserne kennengelernt, keinen schlechten Kerl. Eigentlich wollte ich Dir ja schon während der Wache schreiben, aber ich bin die ganze Zeit über nicht dazu gekommen, weil ich mich mit ihm unterhalten habe. Wenn wir uns wiedersehen, will ich dir davon erzählen. Heute bin ich dafür schon zu müde.

Liebste!

Du weißt, was ich für Dich empfinde. Ich bin so glücklich, weil es Dich gibt. Aber ich habe auch Angst. Ich habe schreckliche Angst davor, Dich verlieren zu können. Wir hier in der Kaserne verfügen über so wenige Möglichkeiten.

Ich weiß, Du wirst jetzt sagen, daß ich mich nicht sorgen muß. Und wie gern möchte ich daran glauben.

Ich bitte Dich, Marion, versteh meine Furcht! Ich brauche Dich so sehr, und es sind doch nicht einmal mehr zwei Monate.

Ich liebe Dich!

III

Reichlich vierundzwanzig Stunden zuvor, unmittelbar nach der Vergatterung übernahm der Unteroffizier die beiden Soldaten und den Gefreiten, um sie zum Kontrolldurchlaß zu führen.

„Wir haben Glück", versuchte er, die Männer aufzumuntern, „es ist nicht viel los hier."

Sie zögerten die Übernahme nicht lange hinaus. Auch die Aufteilung der einzelnen Aufzüge für den bevorstehenden Wachdienst verlief unproblematisch.

Jetzt stand einer der Soldaten draußen. Der andere lag auf der Pritsche im hinteren Teil der Wachstube. Am einzigen Tisch saßen seit geraumer Zeit der Gefreite und der Unteroffizier. Der Unteroffizier las in einem Buch, während der Gefreite einen Brief in den Händen hielt, den er soeben aus einer Tasche seiner Uniform gezogen hatte.

„Das einzig Gute bei diesen Wachen ist, daß man wenigstens mal zum Lesen kommt", sagte der Unteroffizier und fuhr mit Blick auf den Brief des Gefreiten fort: „Oder zum Schreiben."

Der Gefreite nickte kurz.

Lange fiel kein weiteres Wort zwischen den beiden. Schließlich holte der Unteroffizier eine Schachtel Zigaretten hervor und bot dem Gefreiten davon an. Beide rauchten.

„Ich hatte", begann der Unteroffizier, „schon mal 'n paar Wochen damit aufgehört. Aber das war ganz am Anfang in Eggesin. Da durften wir nur draußen rauchen, und es war Winterhalbjahr. Außerdem mußten wir andauernd strammstehen, wenn Vorgesetzte vorbeikamen."

Der Gefreite zog die Augenbrauen hoch.

„Das war während des halben Jahres an der Unteroffizierschule", ergänzte der Unteroffizier, „Du verstehst?"

Zur Antwort stieß der Gefreite ein kurzes Knurren aus.

Wieder vertrieben sich beide die Zeit mit Lesen. Inzwischen hatte auch der Gefreite ein Buch zur Hand genommen.

Bis der Soldat von draußen ans Fenster klopfte und auf seine Uhr wies, sprachen die Männer nicht mehr miteinander.

Der Unteroffizier sollte Recht behalten. Es war nicht viel los am Kontrolldurchlaß. Einmal nur klingelte das Telefon, weil der Offizier vom Dienst seine routinemäßige Meldung erhalten wollte. Passanten gab es um diese Zeit längst keine mehr.

Der Unteroffizier konnte den Gefreiten vom Fenster aus im fahlen Lichtkegel der Außenbeleuchtung stehen sehen. Er hatte seine Hände tief in den Hosentaschen vergraben.

Vor einem der Heizkörper kauerte der von ihm abgelöste Soldat.

Ein Schnarchen aus Richtung Pritsche erfüllte die Wachstube.

Der Soldat an der Heizung zog sich in den Ruheraum zurück.

Der Unteroffizier streckte seine Beine unter dem Tisch aus und seufzte. Dann las er wieder.

Im Innern der Kaserne fiel eine schwere Tür ins Schloß. Der Unteroffizier horchte auf, legte das Buch auf den Tisch und trat vor die Tür.

Der Gefreite stand auf seinem Posten.

Im dem Moment, als der Unteroffizier den Offizier vom Dienst kommen sah, bemerkte er, daß der Gefreite rauchte.

Jetzt hatte auch der den Offizier entdeckt. Nur noch wenige Meter trennten ihn von ihm. Da offenbar keine Chance mehr bestand, die Zigarette wegzuwerfen, versuchte er, sie hinter seinem Rücken zu verstecken.

Da trat der Unteroffizier rasch nahe an den Gefreiten heran, nahm sie ihm aus der Hand und verschwand in der Wachstube. Draußen ertönte jetzt eine Meldung.

Der Offizier betrat den Raum. „Haben Sie was zu verbergen?"

„Nein, Genosse Hauptmann."

„Und weshalb sind Sie so schnell verschwunden, als ich kam?"

„Ich habe Sie nicht kommen sehen, Genosse Hauptmann."

Der Offizier blickte sich in der Wachstube um. „Und?"

46

„Keine besonderen Vorkommnisse, Genosse Hauptmann."

Eine Zeitlang sah der Kontrollierende dem Soldaten auf der Pritsche beim Schlafen zu.

„Hat Bereitschaft, Genosse Hauptmann."

„So, Bereitschaft?"

„Jawohl, Genosse Hauptmann."

Darauf schlug der Offizier ohne Erwiderung das Wachbuch auf, schrieb etwas hinein und verließ den Raum.

Nachdem er außer Sichtweite war, trat der Gefreite in die Tür. „Was hat er geschrieben?"

Der Unteroffizier grinste. „KDL 2 i. O., 22.30 Uhr"

Nun griente auch der Gefreite.

Tiefe Dunkelheit hatte sich ausgebreitet. Lediglich im Zimmer des Offiziers vom Dienst und in den Wachstuben brannte noch Licht. Der Wind trug den beißenden Rauch schwelenden Mülls über den Exerzierplatz.

Der Unteroffizier hatte seine Füße auf einen Stuhl gelegt und stierte die Wand an. Kaum hörbar ging der Atem des Soldaten auf der Pritsche. Bisweilen drang das Geräusch schlurfender Schritte in den Raum. Noch immer war der Gefreite auf Posten.

Der Unteroffizier beugte sich zum Fenster herüber und öffnete es. Ein kalter Luftzug ließ ihn erschaudern.

Im Fenster erschien das gerötete Gesicht des Gefreiten. „Saukälte hier draußen!"

„Ist ja nicht mehr lange", sagte der Unteroffizier und hielt ihm seine Zigarettenschachtel hin.

„Und der OvD?"

„Um diese Zeit taucht hier keiner mehr auf."

Der Gefreite bediente sich.

Während der Unteroffizier sich ebenfalls eine Zigarette anzündete, sprach er weiter. „Damals in Eggesin hatte ich 'ne Pfeife. Das war auch ganz gut wegen der kalten Pfoten. Meistens mußte ich auf so 'nem windigen Postenturm Wache schieben. War 'ne halbe Stunde Weg bis dahin. Deswegen ist auch nie jemand gucken gekommen. Aber die halbe Stunde ging dir natürlich gleich zweimal von deiner Ruhe ab. Trotzdem war's keine schlechte Zeit in Eggesin. Ich hatte immer mein Messer dabei auf dem Turm. Und am Tag, wenn's hell genug war, habe ich an ihm rumgeschnitzt. Du glaubst nicht, wie der schon bearbeitet war. Der Strotzte nur so von Initialen, Herzen und Tagezahlen. Du weißt schon, was ich meine. Jedes mal, wenn ich da oben war, habe ich weitergeschnitzt an den zwei Buchstaben, bis sie ganz tief drin waren im Holz."

Der Gefreite brachte einen Hauch eisiger Kälte mit hinein. Der Unteroffizier stand am Tisch und machte eine Notiz im Wachbuch. Ohne sich nach dem Gefreiten umzuwenden sagte er: „Na also."

Der Gefreite lehnte sich an einen der Heizkörper und blickte zu der verlassenen Pritsche hinüber, an deren Fußenden zwei Decken zu einem wulstigen Hügel zusammengeschoben waren.

Der Unteroffizier setzte sich rittlings auf einen Stuhl. „Hör mal, eigentlich müßte ich Müller jetzt aus dem Schlaf trommeln wegen der Bereitschaft. Wenn du 'n Kumpel bist, haust du dich gleich hier auf die Pritsche. Die ist sogar noch warm."

Der Gefreite schwieg. Nach einiger Zeit fragte er: „Willst du gar nicht schlafen?"

„Mach dir mal keinen Kopp um mich! Ich bin zwar zum Lesen schon zu müde, aber zum Abruhen reicht's noch nicht ganz. Und wenn's dann soweit ist, sinkt meine Rübe von ganz allein auf den Tisch."

Der Gefreite zuckte mit den Achseln, setzte sich neben den Unteroffizier und holte seine Zigaretten aus der Tasche. „Jetzt bin ich aber dran."

Während die beiden Männer rauchten, konnten sie hören, wie sich der Posten draußen warm zu klopfen versuchte.

Genießerisch atmete der Gefreite durch die Nasenlöcher aus. „Das ist ein anderer Duft als dieser Gestank von schmorendem Müll."

„Geschmackssache", entgegnete der Unteroffizier, „habt ihr hier noch Kachelöfen auf den Stuben?"

„Ja."

„Na, dann ist alles klar. In Eggesin hatten wir auch Kachelöfen. Ständig qualmten die Müllcontainer. Manche haben sogar geglüht."

„In Eggesin scheinst du es ja wirklich toll gefunden zu haben, daß du ständig davon erzählst", bemerkte der Gefreite.

„Vielleicht hab ich das ja auch. – Aber ich bin schon still."

„So war's nun auch wieder nicht gemeint. – Tut mir leid – ehrlich. – Erzähl ruhig weiter!"

„Muß pinkeln", murmelte der Unteroffizier und verließ die Wachstube.

Als er nach einem kurzen Abstecher beim Posten zurückkehrte, lag der Gefreite mit unter dem Kopf verschränkten Händen und offenen Augen auf der Pritsche.

Der Unteroffizier nahm wieder Platz und begann, mit seinen Fingerspitzen auf die Tischplatte zu trommeln. Plötzlich unterbrach er sein Konzert und wandte sich nach dem Gefreiten um. „Gutenachtgeschichte?"

„Von mir aus."

„Handelt aber wieder von Eggesin."

„Nun fang schon an!"

Der Unteroffizier lümmelte sich auf den Stuhl. „Als es Winter wurde, brauchte unsere Einheit keinen Frühsport mehr zu machen, weil wir andere Aufgaben bekamen. Die eine Hälfte unserer Truppe sollte die Öfen im Stab heizen. Die andere Hälfte sollte den Weg zur Küche mit Sand bestreuen wegen der Rutschgefahr. Ich gehörte zum Streukommando. Das war gar nicht so einfach, weil nämlich kein Sand da war. Den mußten wir uns irgendwo zusammenkratzen. Der Boden war aber sauhart gefroren. Deswegen kam ich auf die Idee, mir hinter der Unterkunft ein Loch zu graben, wo ich dann immer den Sand rausholen könnte. Und genau so hab ich's gemacht. Die Sache lief ganz prima. Jeden Tag kriegte ich meinen Sand leichter zusammen. Aber eines Morgens wurde ich zum Stabheizen befohlen. Zwei Wochen lang habe ich Kachelöfen im Stabsgebäude geheizt. Und wie das so ist, kaum hat man sich irgendwo eingefuchst, wird man wieder abgezogen. Auf einmal war ich wieder mit Sand-streuen dran. Mir auch recht, dachte ich, das Loch werden sie ja hoffentlich nicht zugeschüttet haben. Ich schnappte mir meinen Eimer, zog los, und tatsächlich war das Loch noch da. Ich hab mich natürlich gefreut wie verrückt und machte gleich einen Satz in die gute Grube. – Junge! Da hörte ich die Engel singen. Beide Beine hätte ich mir brechen können oder sogar den Hals, denn das Loch war inzwischen über anderthalb Meter tief geworden. Nur verdammte zwei Wochen hatte ich es allein gelassen, und, bums, wurde es mir zum Verhängnis. Hörst du überhaupt noch zu?"

Das Gesicht des Gefreiten sah im Schlaf fast kindlich aus.

Das Telefon schrillte. Der Unteroffizier fuhr hoch und blickte mit weit aufgerissenen Augen um sich. Er befreite sich von der Decke um seine Schultern und hielt den Hörer ans Ohr. „KDL 2 – Nein. Keine besonderen Vorkommnisse, Genosse Hauptmann. – Jawohl, Genosse Hauptmann."

Nachdem er den Hörer aufgelegt hatte, erhob er sich, ging zur Tür und betätigte den Schalter für die Außenbeleuchtung. Darauf kramte er in seinem Marschgepäck und brachte eine noch unangebrochene Schachtel Zigaretten zum Vorschein. Während des Rauchens warf er einen prüfenden Blick in das Wachbuch und schob es beiseite.

Der Gefreite auf der Pritsche stieß einen Seufzer aus und drehte sich zur Wand.

Seinen Kopf mit einem Arm stützend blickte der Unteroffizier auf die zerkratzte Tischplatte und summte eine traurige Melodie vor sich hin, bis er die Zigarette in der mittlerweile randvollen Konservendose ausdrückte und mit diesem Aschenbecherersatz die Wachstube verließ.

Der Soldat stand auf seinem Posten.

Der Unteroffizier entfernte sich einige Schritte vom Kontrolldurchlaß, schüttete die Zigarettenkippen in eine Mülltonne und verharrte dort noch einige Minuten.

In die Kaserne kam Bewegung. Nahezu gleichzeitig strömten Gruppen von Männern in Trainingsanzügen aus den einzelnen Blöcken und fingen an, um den Exerzierplatz zu trotten. Hin und wieder geriet der eine oder andere Trupp auf einen Pfiff, einen Zuruf hin kurzzeitig in Trab.

Als die Frühsportler wieder verschwunden waren, kehrte der Unteroffizier zu dem Soldaten zurück. „Bring mal deine Klamotten in Ordnung! Gleich wird's hier ernst."

Dann ging er wieder hinein.

Der Gefreite lehnte mit dem Rücken an der Wand und ließ seine Beine von der Pritsche hängen.

Der Unteroffizier stand in halb aufrechter Haltung am Tisch, grüßte durch das geöffnete Fenster, reichte farbige Kärtchen heraus, schrieb, telefonierte, erteilte Auskünfte.

Der Gefreite machte einen Satz von seinem Nachtlager und gesellte sich zu ihm.

„Morgen!" rief der Unteroffizier, ohne dabei seine Tätigkeit zu unterbrechen. „Setzt dich hin und greif dir was zu schreiben!"

Die beiden Männer meisterten gemeinsam die noch verbliebenen Minuten des Ansturmes.

Der Unteroffizier machte noch einige Notizen und schlug das Wachbuch zu. „Das war's. Weißt du, daß ich riesigen Hunger habe?"

Der Unteroffizier teilte den Soldaten, der bis dahin im Ruheraum gelegen hatte, zum Telefondienst ein und verließ gemeinsam mit dem Gefreiten den Kontrolldurchlaß.

„Bringt ja genug mit!" mahnte der Posten, als sie an ihm vorübergingen.

52

„Sind komische Sitten bei euch", stellte der Gefreite fest, als er den Unteroffizier wenig später etliche Brote schmieren sah.

„Wieso?"

„Seit wann bringt ein Unteroffizier oder ein Gefreiter 'nem Soldaten was zu essen mit?"

„Ganz einfach", erklärte der Unteroffizier, „wenn wir zurück sind, ist die Küche schon zu."

„Dann hätte doch auch der Soldat gehen und uns was mitbringen können."

„Hätte er. Aber ich esse lieber hier. Aber sei ganz beruhigt, sonntags läuft das bei uns nicht anderes als bei euch. Die Entlassungskandidaten liegen in der Koje und warten, bis ihnen das Futter gebracht wird. Dann fühlen sie sich wie die Könige. Ich hab mal gesehen, wie so 'n kleiner Soldat seinem altgedienten Zimmerkameraden die Mittagsportion zusammengestellt hat. Er aß sein Kotelett nicht, sondern legte es auf einen leeren Teller. Dann füllte er Rotkohl, Kartoffeln und Soße auf, aber nicht an der Essenausgabe, sondern am Abfallkübel. Und zum Schluß hob er das Kotelett noch einmal etwas an und setzte einen schönen Fladen Spucke darunter."

Der Gefreite würgte an seinem Bissen. „Ist das wahr?"

„Absolut wahr. Dieser Entlassungskandidat sitzt vermutlich jeden Sonntag in seiner Koje und frißt Abfall mit Spucke. Ich möchte wetten, es schmeckt ihm sogar."

Der Tisch in der Wachstube war unbesetzt.

Der Unteroffizier stand neben dem Gefreiten im Durchgang. „Die paar Stunden reißt du mit links runter. Am Tag ist alles einfacher."

Der Gefreite nickte nachdenklich.

„Die Brüder da drin pennen schon wieder", bemerkte der Unteroffizier, „die würden glatt vierundzwanzig Stunden pennen, wenn sie dürften. Statt sie mal 'n ordentliches Buch zur Hand nehmen oder was anderes Vernünftiges machen. Willst du 'n Zug?"

Er blickte kurz um sich und hielt dem Gefreiten die Zigarette hin.

Der Gefreite nahm einige Züge und sagte darauf: „Ich muß heute unbedingt einen Brief schreiben. Eigentlich wollte ich ihn schon lange fertig haben."

„Ist ja am Nachmittag noch Gelegenheit genug. Hast du 'n festes Mädchen?"

Wieder ließ der Unteroffizier den Gefreiten an der Zigarette ziehen.

„Was heißt fest?"

„Fest heißt, daß sie auf dich wartet", antwortete der Unteroffizier.

Der Gefreite schwieg zunächst. Dann erklärte er: „Ich sehe sie fast jede Woche."

„Sie ist also hier aus Nähe? Da bist du natürlich fein raus. So' n Glück hat leider nicht jeder. – Damals in Eggesin habe ich mindestens jeden zweiten Tag einen Brief geschrieben. Und ich kriegte so gut wie täglich Post. Wenn mal einen Tag nichts kam, hatte ich am nächsten eben zwei Briefe. Es war übrigens oft gar nicht so einfach für mich, Zeit zum Schreiben zu finden. Aber irgendwie hab ich's immer geschafft. – Den längsten Brief brachte ich mal während eines Spezialauftrages zusammen. Wir hatten einen Oberst im Stab, der war so klein, daß er mit seinem Schwanz nicht bis ans Pinkelbecken reichte. Und eines Tages kriegten Harri und ich den Schlüssel zur Tischlerwerkstatt und den Befehl, ein Pinkelpodest für diesen Offizier zu bauen. Ich nahm auf der Toilette Maß und machte den Entwurf. Dann schnappte ich mein Briefpapier und ging mit Harri in die Werkstatt. Der war Tischler und hat die Spezialanfertigung ganz alleine zusammengezimmert. Ich brauchte am Schluß nur noch Linoleum draufzunageln. Und während Harri baute, habe ich meinen längsten Brief geschrieben. Leider bekamen wir keinen Sonderurlaub für unsere Arbeit. – War überhaupt mies mit Urlaub."

„Hast du nie Besuch gehabt?" erkundigte sich der Gefreite.

„Einmal nur, aber das ist lange her."

Der Gefreite sagte nichts darauf.

Der Unteroffizier blickte auf die Uhr. „Höchste Zeit, den OvD anzurufen!"

IV

Der Unteroffizier saß am Tisch und durchblätterte das Buch, in dem er am Abend zuvor gelesen hatte. Der Gefreite kauerte auf der Pritsche. Auf dem Schoß hatte er einen Schreibblock. Regen trommelte gegen das Fenster der Wachstube. Die Männer schwiegen seit geraumer Zeit.

Schließlich sagte der Unteroffizier: „So gut, daß ich es gleich noch mal lesen möchte, war es nun auch wieder nicht." Dann schob er das Buch demonstrativ beiseite.

Der Gefreite schaute auf. „Wenn du willst, kannst du gern in meinem lesen. Bedien dich einfach."

Der Unteroffizier nahm das Angebot dankend an und hatte sich schon nach wenigen Minuten in die Lektüre vertieft.

Einen Füllhalter in der Hand starrte der Gefreite auf das noch unbeschriebene Papier. Wenig später verstaute er sein Schreibzeug unverrichteter Dinge im Marschgepäck, setzte sich mit an den Tisch und bot dem Unteroffizier eine Zigarette an.

„Sehr gutes Buch bis jetzt", sagte der und legte einen Kugelschreiber zwischen die Seiten, „weißt du nicht, was du schreiben sollst?"

„Wenn man sich andauernd sieht, ist das schließlich kein Wunder."

Der Unteroffizier atmete geräuschvoll aus. „Das ist ein Privileg, Junge! Ich hab immer gewußt, was ich schreiben will, und brauchte nicht den halben Dienstplan abzupinseln, um das Blatt vollzukriegen. Und die Zeit dafür, das habe ich dir ja schon erzählt, mußte ich mir echt abzwacken damals in Eggesin."

Der Gefreite umfuhr mit der Spitze seiner Zigarette den Rand der Konservendose. „Eins mußt du mir mal erklären: Alle reden immer von Eggesin, als wäre es das letzte Nest auf der Welt, nur du nicht. Was war für dich an diesem Ort denn so besonders?"

Der Unteroffizier blickte lange am Gefreiten vorbei, als müsse er erst über die Antwort nachsinnen. „Die Zuversicht, mein Lieber."

„Und die hat du jetzt nicht mehr?"

„Nein, die hab ich jetzt nicht mehr. Die werd ich auch nicht mehr wiederkriegen."

Er sah dem Gefreiten kurzzeitig ins Gesicht. „Immer, wenn ich schwelenden Müll rieche, muß ich an Eggesin denken. Ich sehe mich am Abend bei den Müllcontainern stehen und in den Himmel starren. Halb neun, hatten wir ausgemacht, halb neun blicken wir nach oben und denken aneinander. Es war ein wundervolles Gefühl, zu wissen, daß wir beide in diesem Augenblick

56

dieselben Sterne am Himmel sehen. Begreifst du, was ich meine?"

Der Gefreite schob dem Unteroffizier die Dose hin. „Ich weiß, was du meinst."

Der Unteroffizier schüttelte den Kopf und blickte zum regenblinden Fenster hinüber. „Sie war fünf Jahre älter als ich und arbeitete im Betrieb meiner Mutter. Ich hatte gerade die Zwölfte beendet und verdiente mir dort ein paar Mark. Eines Mittags begegnete ich ihr in der Kantine. Irgendwie wußte ich sofort Bescheid. Von dem Tag an traf ich sie täglich beim Essen, und mir war plötzlich vollkommen egal, was da auf meinem Teller lag. Wenn ich nur an einem Tisch mit ihr sitzen konnte und sie mich ansah, habe ich vor Glück gebebt. – Meist war ich mit dem Moped da. Und eins Tages, als sie noch irgendwas Dringendes vorhatte, fragte sie mich, ob ich sie nach Feierabend rasch mitnehmen könnte. Bei jedem Bremsen fühlte ich, wie ihre Brüste gegen meinen Rücken drückten. Das war Wahnsinn. Von da an hatte ich nichts anderes mehr im Kopf als diese Frau. – Wenn ich dich langweile, mußt du es sagen."

Der Gefreite schwieg.

„Als ich das erste Mal mit in ihre Wohnung kam, war ich furchtbar aufgeregt. Ich bin gar nicht sicher, ob ich wirklich gleich mit ihr schlafen wollte, zumal ich über keinerlei Erfahrung verfügte. Aber irgendwie bildete ich mir ein, eine Erwartung erfüllen zu müssen. Fast zwangsläufig habe ich zunächst versagt. Jedoch das unvergeßlich Schöne war, daß sie mich keine Enttäuschung spüren ließ, sondern mich stattdessen wieder aufrichtete. Und schon zwei Nächte später war uns ihre Liege zu klein geworden. Wir breiteten Steppdecken auf dem Fußboden aus und stellten Lautsprecherboxen und Kerzen auf die Erde. Dort liebten wir uns wieder und wieder bis zur völligen Erschöpfung."

Der Unteroffizier stand auf und ging einige Schritte durch die Wachstube.

„Erzähl weiter!" forderte ihn der Gefreite auf.

Stehend, auf die Rückenlehne seines Stuhles gestützt, fuhr der Unteroffizier fort: „Bevor ich sie kennenlernte, hatte ich niemals, ‚Ich liebe dich', gesagt, weil mir dieser Satz kitschig und unzutreffend vorkam. Nun benutzte ich ihn mehrmals am Tag und bekam ihn auch selbst immer wieder geschenkt. Und, glaub mir, er ist nicht ein einziges Mal zu viel gebraucht worden. – Eines Tages kriegte ich dann den erwarteten Einberufungsbefehl. Daß ich gerade ans Ende der Welt und in den berüchtigtsten Standort mußte, war natürlich ein Schock."

Der Gefreite blickte zum Unteroffizier hoch. „Warum hast du dich eigentlich für drei Jahre verpflichtet?"

Der Unteroffizier riß sich von der Stuhllehne los. „Ich weiß, daß meine Antwort dich nicht zufriedenstellen wird: Alle Jungs aus meiner Klasse haben sich für drei Jahre oder länger verpflichtet, alle bis auf einen. Und der kriegte keinen Studienplatz."

Er trat ans Fenster und drückte seine Nase gegen die Scheibe. „Der Spinner raucht doch glatt am hellichten Tag. Ein Glück, daß sich der OvD bei dem Mistwetter nicht auf die Socken macht."

Darauf nahm er wieder Platz. „Ich habe mir schon manchmal den Schädel darüber zermartert, ob vielleicht wirklich alles anders gekommen wäre, wenn ich nur den Grundwehrdienst abgerissen hätte. – Ich glaube nicht."

„Ich bedien mich mal", sagte der Gefreite und griff nach den Zigaretten des Unteroffiziers. „Was habt ihr gemacht, nachdem du die Einberufung bekommen hattest?"

„Was sollen wir gemacht haben? Wir haben weitergeliebt und Pläne geschmiedet und natürlich die uns verbleibenden Tage gezählt. Aber in Weltuntergangsstimmung sind wir nicht verfallen. Was sind in dem Alter schließlich drei Jahre, wenn man überzeugt davon ist, noch ein ganzes gemeinsames Leben vor sich zu haben?!"

Der Gefreite zog die Stirn in Falten. „Hast du dir überhaupt keine Sorgen gemacht?"

„Ich will ehrlich sein. Es gab einen Abend, drei Tage vor Beginn meines Wehrdienstes, da bekam ich große Angst. Wir lagen schon auf unseren Steppdecken, als es klingelte. Rasch zogen wir uns an, und ich öffnete die Tür. Ehe ich auch nur irgend etwas dagegen unternehmen konnte, standen drei Männer um die vierzig in der Wohnung. Ich kannte sie aus dem Betrieb meiner Mutter. Sie waren angetrunken und beäugten mich wie einen Störenfried. Dann schoben sie mich beiseite und betraten das Wohnzimmer. Einer von ihnen holte eine Weinflasche aus der Jacke und stellte sie auf den Tisch. Sie lallten eine Begrüßung und verlangten nach Gläsern. Schließlich fielen ihre Blicke auf unser Lager. ‚Habt ihr's eigentlich schon mal auf dem Küchentisch probiert?' Sie lachten, und wir zwangen uns mitzulachen. Ich weiß nicht, wieviel Zeit verging bis schließlich einer der drei, der Vater eines meiner ehemaligen Klassenkameraden, die anderen zum Aufbruch bewegen konnte."

„Und drei Tage darauf bist du dann losgefahren."

„Ja, wir sind in der letzten Nacht wach geblieben und frühmorgens gemeinsam zum Sammelpunkt beim Bahnhof gegangen. Dort nahmen wir Abschied voneinander. Als der Zug endlich fuhr, sah ich sie noch einmal. Sie stand hinter der Bahnschranke und versuchte zu lächeln. – Wir waren den ganzen Tag unterwegs, aber ich erinnere mich kaum an die Fahrt. Und von den ersten Stunden in Eggesin ist mir nur noch in Erinnerung geblieben, daß wir ewig wie eine Hammelherde in unseren neuen Trainingsanzügen vor dem Friseursalon standen, während es in Strömen regnete. Aber es hat mir nichts ausgemacht. Meine Gedanken waren beständig so sehr auf sie gerichtet, daß selbst die gefürchtete Grundausbildung an mir vorbeirauschte. Und wenn ich ihre Briefe las, war es, als säße sie bei mir. – Im Dezember schickte sie mir einen Adventskalender. Den hatte sie aus Streichholzschachteln gebastelt. Jeden Morgen öffnete ich eine davon und fand einen Zettel mit einer von ihr geschriebenen Liebesbotschaft darin. Es ist nicht übertrieben, wenn ich dir sage, daß ich glücklich war in Eggesin. – Zweimal durfte ich auf Urlaub in dem halben Jahr. Als ich danach in die Kaserne zurückfuhr, habe ich geheult im Zug. Einmal kriegte ich am nächsten Tag dann noch einen verspäteten Brief. ‚Liebster Schatz, nun dauert es keine achtundvierzig Stunden mehr, bis wir uns wiedersehen.‘ Aber dann kamen wieder Briefe, die mich nach vorn blicken ließen. – So war das in Eggesin. Was ich auch tat, sie war immer bei mir.“

„Schön“, sagte leise der Gefreite, „und dann bist du hierher versetzt worden?“

„Wart mal, ich muß erst mal rausgehen“, erwiderte der Unteroffizier.

Als er zurückkehrte, sagte er: „Noch ’n schlappes Stündchen, dann haben wir’s geschafft.“

„Du warst noch nicht ganz am Ende“, erinnerte ihn der Gefreite.

„Stimmt, ich war noch nicht ganz am Ende. – Plötzlich war ich also Unteroffizier und kam hierher. Aber man konnte mich noch nicht gebrauchen, weil die Alten erst noch entlassen werden mußten. Darum drückte mir der Spieß zu meiner völligen Überraschung einen Urlaubsschein in die Hand. – Als ich gegen Abend daheim auf dem Bahnhof angekommen war, nahm ich mir viel Zeit. Ich kostete Schritt für Schritt meine Vorfreude aus und malte mir aus, wie sie auf mein plötzliches Erscheinen reagieren würde. Ich gelangte vor ihr Haus, ging die Treppe hinauf, klingelte. Mein Herz schlug wie verrückt. – Endlich öffnete sie. Sie trug ihren Bademantel. Ich sah in ihr Gesicht und wußte Bescheid. Wir sprachen beide kein Wort. Wie in Trance ging ich an ihr vorbei ins Wohnzimmer und sah, was ich längst wußte. Glaub mir, es ist nicht wie im Film. Ich habe nicht mein Koppel abgeschallt und den Kerl hinausgeprügelt. Ich habe nur einfach dagestanden und geguckt. – Irgendwann fragte er mich dann, ob ich nicht langsam gehen wolle. Ich trat näher an ihn heran. Er erschrak, als ich meine Hand nach der seinen ausstreckte. Dann sagte ich: ‚Mach´s besser!' Verrückt, nicht? Im Flur drückte ich auch ihr die Hand und verließ die Wohnung. Erst im Treppenhaus erwachte ich aus meinem Dämmerzustand. Ich hätte brüllen mögen. – Steckst du mir noch eine an?!"

Der Unteroffizier inhalierte gierig. „Du sitzt in der Kaserne und kannst nichts machen. Da kommt so ein Zivilist daher, und du kannst nichts machen, gar nichts. Das ist eine der miesesten Sachen, die es überhaupt gibt."

Mit einem Nicken und ohne den Unteroffizier dabei anzusehen, pflichtete der Gefreite ihm bei. „Und seitdem hast du kein Mädchen mehr?"

„Zwei Jahre war totale Ebbe", antwortete der Unteroffizier, „jetzt gibt es zwar eine, zu der ich regelmäßig gehe, wenn ich Ausgang habe. Aber mit dem Herzen bin ich nicht wirklich dabei."

Der Unteroffizier blickte auf die Uhr. „Es ist besser, wenn du dich jetzt noch mal kurz rausstellst. Dann können die beiden Soldaten die Bude hier in Ordnung bringen."

Während der Gefreite sich anzog, griff der Unteroffizier wieder zu dessen Buch. „Gute Geschichte bisher ..."

Der Gefreite stand schon in der Tür der Wachstube, als er sich noch einmal umwandte. „Du kannst das Buch behalten. Ich schenke es dir."

V

Als die Soldaten die Heckklappe des Lastkraftwagens herunterließen, war der Gefreite schon in einem der Blöcke verschwunden. Die Männer stiegen auf, um quer durch die Stadt von einer Kaserne zur anderen zu fahren.

Es dunkelte bereits wieder. An einem Bahnübergang hielt der Wagen. Der Unteroffizier schlug die Plane beiseite. Kaltes Licht fiel auf sein müdes Gesicht. Er zog das Geschenk des Gefreiten aus der Beintasche, las die letzten Seiten und lächelte wenig später.

Dann nahm er seinen Kugelschreiber, blätterte zum Anfang zurück und schrieb sorgfältig Druckbuchstabe für Druckbuchstabe „F ü r   M a r i o n" hinein.

1985

II

Briefe aus Herrlich

Herrlich, im September 1999

Lieber Freund!

Jetzt wohne ich schon seit einem Monat hier in Herrlich, und du hast völlig recht daran getan, mich um einen aktuellen Bericht zu bitten.

Übrigens liegst Du richtig. In der Tat hat das Leben in diesem Mekka der Christenheit mir ein wenig die Sprache verschlagen. Trotzdem geht es mir nicht eigentlich schlecht. Sagen wir: Ich kann nicht klagen.

Und genau hier liegt das Problem. Denn diese Floskel mag allgemein als eine Umschreibung für leidliches Wohlergehen gelten. Ich bitte Dich aber, den Satz wörtlich zu verstehen und statt „klagen" der Verdeutlichung halber „urinieren" einzusetzen.

Weißt Du, alle hier sind so angestrengt darum bemüht, lieb zueinander zu sein und heiteren Gemüts. Wäre es da nicht schändlich, aus der Reihe tanzen zu wollen?

Ich befinde mich übrigens an meinem Lieblingsort, auf einer Bank mitten auf dem Friedhofshügel vor der Stadt. Jetzt, zum Abend hin, geht es hier ruhig zu. Tagsüber wimmelt es jedoch von Schaulustigen mit und ohne Fremdenführer. Manchmal habe ich den Eindruck, der Friedhof ist mit Abstand Herrlichs Hauptattraktion. Hoffentlich täusche ich mich.

Übrigens scheint dieser Gottesacker, wie ich hörte, sich nicht nur als Sehenswürdigkeit, sondern auch als Krone des Lebensabends großer Beliebtheit zu erfreuen. Und selbst mancher, der seine Erdentage gar nicht in Herrlich verbracht hat, würde gern hier begraben sein.

Aber da sind – wohlüberlegte Ausnahmen bestätigen die Regel – die Herrlicher konsequent. Sie machen es ganz so wie einst unser *LPG*-Vorsitzender, der nur solche Helfer zum Kirschenpflücken zuließ, deren purpurne Antlitze er auch schon beim Rübenverziehen gesehen hatte. Klar, alles hat seine Grenzen.

Hier sitze ich jedenfalls gern und das nicht nur bei prächtigem Wetter, sondern auch bei Hagel und Sturm. Ja, du hast richtig gehört, sogenanntes schlechtes Wetter macht auch um Herrlich keinen Bogen. Selbst Sonnen- und Mondfinsternisse fanden hier schon statt. Und die Vögel singen nicht etwa Choräle, sondern beschränken sich auf ihr übliches Repertoire.

Übrigens begegnete ich gestern zum wiederholten Mal Gästen aus Afrika. Ich bildete mir ein, ihnen ansehen zu können, daß sie lange davon geträumt hatten, einmal ihren Fuß auf das hiesige Pflaster setzen zu dürfen. Eifrig wurde ihnen der Ort gezeigt, und sicherlich waren sie mit allem gut versorgt, mir jedoch kamen beinahe die Tränen.

Aber was nur stimmte mich so traurig an dieser Situation? – Ich kann es Dir und mir selbst vorerst nur in einem Bild erklären: Ich hatte den Eindruck, es würden sonnengewohnte Menschen durch ein Solarium geführt werden, in dem zu allem Überfluß auch noch Krawattenzwang herrschte.

Du hörst von mir, sobald ich mehr begriffen habe.

In Liebe bis zum Hals,
Dein Traugott

P.S. Wo auf Erden würden wir eigentlich gern wenigstens einmal im Leben gewesen sein?

Herrlich, im Oktober 1999

Lieber Freund!

Daß Du Dir an einigen Stellen meines letzten Briefes den Bauch halten mußtest, gab mir zu denken. Aber Du hast nun einmal gut Lachen.

Ich bin übrigens wieder auf dem Friedhof und will Dir im Zusammenhang damit unbedingt etwas Kurioses erzählen:

Erinnerst Du dich noch, wie wir gleich nach der Wende in Wandlitz waren, wo die Mitglieder des Politbüros ihre eigene Konsumwelt mit Südfrüchten, Dosenchampignons, Joghurt, Westillustrierten und Pornovideos hatten? Was haben wir uns aufgeregt damals.

Jedenfalls behauptete seinerzeit jemand zur Verteidigung des Genossen Honecker, der Staatsratsvorsitzende habe vermutlich gar nicht gewußt, daß er über Dinge verfügte, die der Rest der Bevölkerung nicht besaß. Denn sofern er es auch nur geahnt hätte, wäre er bestimmt dagegen gewesen.

Siehst Du, mein Lieber, und ähnliches kannst Du hier bei jeder zweiten Friedhofsführung hören, wenn im Angesicht einiger auffallend herausragender Gräber zu erklären versucht wird, daß Gleichheit und Schlichtheit auch nach dem Tod immer zu den obersten Grundsätzen der Herrlicher gezählt haben ...

Aber ich will das Thema Friedhof nicht über Gebühr strapazieren. Schließlich gibt es entgegen meinen ersten Befürchtungen noch anderes Berichtenswertes – zum Beispiel, mit wieviel Wohlwollen, fast möchte ich sagen Vorschuß an Vertrauen, mein Name hier aufgenommen wurde.

Meine Eltern haben mir, ohne es zu wissen, einen unschätzbaren Gefallen für mein Wurzelschlagen in Herrlich getan, indem sie mich Traugott nannten. Als

Traugott paßt man so gut nach Herrlich wie als Tarzan in den Dschungel, denn hier sind Namen weder Schall noch Rauch, sondern eher Alpha und Omega.

Du wirst Dir denken können, daß es Neider gibt unter diesen Umständen, Leute mit Allerweltsnamen, Leute, die Herrlich nicht leiden können, weil sie hier nie wirklich Fuß fassen konnten.

Sie waren es vermutlich auch, die jenes unausrottbare Gerücht in die Welt setzten, welches besagt, manche Herrlicher legten es partout darauf an, auf die allerletzte Sekunde zum sonntäglichen Gottesdienst zu erscheinen, um von möglichst vielen bei ihrem Auftritt gesehen zu werden. Ist das nicht ein starkes Stück?

Es heißt sogar, die solcherart Verleumdeten hielten sich nahe der Kirche versteckt, um den rechten Zeitpunkt zu treffen, und logischerweise gäbe es zwischen den Beteiligten einen regelrechten Wettstreit im Spätkommen. Grenzt das nicht an Rufmord?

Ich selbst, des rechtzeitigen Aufstehens nicht immer mächtig, wie Du weißt, habe inzwischen schon mehrmals auf den Kirchgang verzichtet, weil die Zeit so knapp wurde, daß ich Gefahr lief, selbst zu den Geschmähten gezählt zu werden. Das nenne ich einen paradoxen Effekt.

Mein Lieber,
ich muß jetzt den Brief beenden. Die Läden schließen gleich, und wir haben für den Abend weder Bananen noch Joghurt im Haus.

In Wohlstand,
Dein Traugott

P.S. Ich kaufe immer den fettarmen, da kann ich mehr von essen.

Herrlich, im November 1999

Lieber Freund!

Es tröstet mich, in Dir so einen treuen und guten Zuhörer zu haben. Ja, ich bin Dir wirklich dankbar dafür, daß Du meine Briefe offensichtlich mit großer Aufmerksamkeit liest.

Dein Ratschlag, vielleicht etwas mehr Demut an den Tag zu legen, ist ohne Zweifel wohlgemeint, jedoch in Herrlich schwer zu verwirklichen. Will sagen, mein bißchen Demut würde hier überhaupt niemandem auffallen, so gesättigt ist der Ort davon. Auch fehlt es mir an jenem Mindestmaß Selbstgefälligkeit, welches ein demütiges Auftreten ja erst erforderlich machen würde.

Aber möglicherweise meinst Du ja eine ganz andere Art von Demut. Ich jedenfalls rede von jener, die mich hier so überaus eindrücklich umgibt. Und, Du wirst lachen, menschlich gesehen habe ich vollstes Verständnis für diese Spielart der Hoffart.

Denn kann eine bereits geschmückte und fest versprochene Braut überhaupt auf andere Weise demütig sein als auf dünkelhafte?! Ihre große Stunde steht unmittelbar bevor. Die Zeugen sind bereit. Der Bräutigam ist der Schönste, den sie sich vorzustellen vermag. Ihre ehemaligen Schulkameradinnen, die sie immer gehänselt haben, werden leer ausgehen. Muß da nicht jedes Senken ihres Blickes ein wenig kokett wirken? – Und bedenke ihr Alter!

Wenn Du mir also nichts anderes raten kannst, als Demut an den Tag zu legen, rätst Du mir schlecht.

Von einer interessanten Bekanntschaft muß ich Dir unbedingt erzählen: Ich lernte vergangene Woche einen jungen Mann kennen, von Geburt Herrlicher, der im Rahmen seines Studiums eine Arbeit unter dem Titel *Vom Reservat zur Insel? – Herrlich ein ostdeutsches Phänomen?* abzuliefern hat. Wir unterhielten uns sehr angeregt miteinander.

Die Hauptthese des Studenten besagt, daß es unter Reservatsbewohnern häufig zu der irrigen kollektiven Ansicht käme, sie seien Insulaner und von nichts als lauter Ozean umgeben. Dieser Irrtum helfe den Eingesperrten, respektive Ausgestellten, ihren schmählichen Zustand besser zu ertragen bzw. aggressive Impulse zu unterdrücken und somit ein friedliches Leben zu führen.

Wenn nun aber durch historische Ereignisse die Reservatstore geöffnet würden, müsse zwangsläufig eine Desillusionierung eintreten bzw. ein neuer oder erweiterter Irrglaube an die Stelle des alten Irrglaubens treten, wobei die ehemaligen Reservatsbewohner mit größter Wahrscheinlichkeit geschlossen zu der noch abwegigeren Behauptung kämen, die Insel sei größer geworden.

Als ich das hörte, war ich platt, wie Du Dir denken kannst, denn das ist wahrhaftig eine kühne Theorie. Ich muß allerdings erst in aller Ruhe darüber nachdenken, weshalb sie mir auf Anhieb so einleuchtend erscheint.

Leider ist der junge Mann wieder abgereist und gedenkt, wie er mir gestand, auch nicht, nach Herrlich zurückzukehren.

Du hörst von mir.

In Verwirrung,
Dein Traugott

P.S. Können eigentlich auch bewohnte Inseln einsame Inseln sein?

Herrlich, im Dezember 1999

Lieber Freund!

Advent, Advent, endlich Advent, wenn Du wüßtest, wie sehr ich mich vorfreue! Ich werde Weihnachten in Herrlich verbringen dürfen, in Herrlich!

Die beste Botschaft aber habe ich dir noch verschwiegen: Ob Du's glaubst oder nicht, es ist mir in Vorbereitung auf das Fest gelungen, ein ORIGINAL HERRLICHER MYRRHESÄCKCHEN zu erwerben. Ja, Du liest richtig. Ich habe mein ORIGINAL HERRLICHER MYRRHE-SÄCKCHEN!

Die Betonung liegt übrigens auf ORIGINAL, denn, daß zumindest ein Teil der weihnachtsinteressierten Menschheit während der jüngst vergangenen vierzig Jahre Knechtschaft mit Fälschungen abgespeist worden ist, weißt Du so gut wie ich. Aber jetzt kann man es wenigstens laut aussprechen.

Was von der Legende, die sich um das Säckchen dreht, nun wirklich auf historischen Tatsachen beruht, wird weiterhin erforscht werden müssen und somit auch für die Zukunft mehrere Theologenplanstellen in Herrlich erhalten helfen.

Fest scheint jedenfalls bisher zu stehen, daß der Urvater des Säckchens, der Protosack sozusagen, aus dem von den Zähnen eines greisen Eskimoweibes weich gekauten Leder einer durch einen frisch bekehrten Eskimojüngling erlegten weißen Robbe gefertigt gewesen sein muß. Unklarheiten bestehen lediglich noch, was den verwendeten Nähfaden betrifft.

Aber zum Kern der Ereignisse: Ein Herrlicher Missionar hatte sich zu den Eskimos begeben, um die frohe Botschaft zu verkünden. Stark unter dem Einfluß damaliger pädagogischer Strömungen stehend und gravierende Verständigungsschwierigkeiten vorausahnend, war es ihm angebracht erschienen, seinen Unterricht durch echtes Anschauungsmaterial bildhaft zu gestalten.

So kam es, daß er in seinem Reisegepäck diverse Objekte mit sich führte, darunter, speziell für die Verbreitung der Weihnachtsgeschichte, etwas Gold, Weihrauch und ein von der weiten Reise arg lädiertes Schächtelchen voller wohlriechender Myrrhe.

Und tatsächlich wußten es ihm die jungen Eskimos, nachdem sie alles betrachtet, betastet, beschmeckt und berochen hatten, durch fortwährendes wie freundliches Kopfnicken zu danken, daß er seine Lektionen nicht nur auf verbale Vermittlungsversuche beschränkte.

Eines Tages aber erkrankte der Missionar schwer und sank, geplagt von der Frage, ob seine gute Saat auf fruchtbaren Boden gefallen war, in tiefe Ohnmacht. Furchtbar waren seine Träume, denn in seiner Phantasie nutzten die Eskimos seine Wehrlosigkeit zum Vollzug ihrer heidnischen Bräuche. So lag er Tage oder gar Wochen.

Als er das Bewußtsein wiedererlangte, entdeckte er an seinem großen Zeh ein tabaksbeutelgroßes Behältnis aus weißem Leder, welches er sich, da er es für einen Kultgegenstand hielt, umgehend vom Fuß riß.

Mit einer Mischung aus Neugier und Widerwillen öffnete er es schließlich und entdeckte darin seine Anschauungsmyrrhe aus dem morschen Schächtelchen. Nun erst sah er auch die jungen Eskimos, welche mit strahlenden Augen seine Lagerstatt umringten.

„Myrrhe!" sagte er, schon wieder ganz Lehrer.

„Myrrhe, Myrrhe!" wiederholten die Eskimos, noch immer ganz Schüler.

Und dann sprach er den entscheidenden Satz: „Euer Glaube, ihr Lieben, hat mich gerettet!"

Tja, mein Lieber, und so ein Säckchen hängt, nachdem es ein gewinnbringender Siegeszug durch die ganze Welt geführt hat, nun auch am Fußende meines Bettes.

In Vor- und Besitzerfreude,
Dein Traugott

P.S. Sei bitte nicht allzu betrübt. Auch mit hübschen Papiersternen läßt sich der Weihnachtsstimmung gut nachhelfen.

Herrlich, im Januar 2000

Lieber Freund!

Sei herzlich gegrüßt und hab Dank für Deine Zeilen. Wie
froh ich bin, daß Du auch im – wie es heißt – „neuen
Millennium" Anteil nehmen willst an meinem Schicksal.

Obwohl heute Sonntag ist, bin ich schon seit 7.00 Uhr
auf den Beinen. Durch einen Hauch von Neuschnee hatte
sich meine allzeit wachsam-besorgte Nachbarin dazu
verpflichtet gefühlt, mich gnadenlos aus meinem Traum
zu reißen. Ob ich nicht langsam mit dem Räumen des
Gehweges beginnen wolle?! Schon mancher Beinbruch
habe den Tod nach sich gezogen!

Gebrochene Herzen auch, dachte ich bei mir und
streifte den Trainingsanzug über, um schon wenig später
das weiße Nichts in rhythmischen Schüben den Bordstein
hinabzubefördern. Dabei machte ich mir grimmige
Gedanken über die Frage, ob allzu eifriges Schneeräumen
nicht eigentlich als ein deutliches Zeichen für mangelndes
Gottvertrauen interpretiert werden könnte. Immerhin
fällt ja nicht einmal ein Spatz vom Himmel, ohne daß
ER seine Hand im Spiel hat.

Kurz, ich war stinksauer und bin es noch immer. Aber
wenigstens hatten in diesem Fall meine Flüche eine klare
Adressatin, wobei ich, Du kennst mich, natürlich nur ganz
leise fluchte, um der wackeren Frau nicht weh zu tun.

Von der vertrauenerweckenden Wirkung meines
Namens, über die ich in einem der vorigen Briefe
etwas andeutete, ist, nebenbei bemerkt, nur wenig
übriggeblieben.

Es war ja in der ersten Zeit wirklich so, daß ich mich
vor Einladungen kaum retten konnte. Mittlerweile lädt

74

mich jedoch niemand mehr ein. Offenbar scheint der Informationsaustausch hier so gut zu funktionieren, daß es gewissermaßen übertriebener Aufwand wäre, weitere Sammeltassen um meinetwillen zu entstauben. Wie sagten wir doch früher immer: „Kennt dich die Simpeln, dann kennt dich das ganze Dorf."

Oh, jetzt ist mir ja etwas Garstiges aus der Feder gerutscht. Wie konnte ich Herrlich auch nur in die Nähe des Wortes „Dorf" bringen!?

Die Psychologen wüßten wahrscheinlich Antwort darauf. Schätzungsweise würden sie mein Unterbewußtsein auf ein besonderes gestörtes Verhältnis zu Nestwärme, Enge, Mist und Inzucht abklopfen. Oder sie würden mir einzureden versuchen, ich hätte das Wörtchen wegen einer uneingestandenen zärtlichen Zugeneigtheit verwendet. Die entdecken da ja die spannendsten Verbindungen.

Meinen abgebrochenen Traum aus der letzten Nacht würde ich übrigens gern einmal so einem Spezialisten anvertrauen:

Ich ging allein eine vollkommen menschenleere, abendliche Straße entlang, zu deren beiden Seiten schmucke, altertümlich wirkende Häuser mit hell erleuchteten Fenstern standen.

Plötzlich überkam mich das unbezähmbare Verlangen, einen Blick durch eines der Fenster zu werfen. Aber im selben Moment, da ich meine Augen dem Licht zuwandte, beschlug die Fensterscheibe in atemberaubender Geschwindigkeit, und ich stand wie vor Milchglas.

Also schritt ich weiter und machte beim nächsten Haus einen neuen Versuch. Und wieder wurde die Scheibe undurchsichtig, sobald ich sie ins Auge faßte. So ging es Haus für Haus, Fenster für Fenster.

Entmutigt senkte ich schließlich meinen Blick und wurde gewahr, daß ich nicht auf Straßenbelag, sondern auf spiegelglatt poliertem Parkett lief. Und nun sah ich auch die riesigen Filzüberschuhe an meinen Füßen, über die ich mich jedoch keineswegs wunderte. Dann weckte mich das Klingeln meiner Nachbarin.

Mit ahnungsvollem Steiß,
Dein Traugott

P.S. Gibt es wohl auch sintflutartige Schneefälle?

Herrlich, im Februar 2000

Lieber Freund!

Nun sind schon Jahrzehnte vergangen, seit wir miteinander zwecks „Zurüstung" hier in Herrlich weilten. Schön war's. Und am Ende waren wir, um im Bild zu bleiben, bewaffnet bis an die Zähne und beseelt von dem erhebenden Vorsatz, den Rest der Menschheit zu bekehren oder wenigstens unsere Eltern.

Wenig später, nachdem uns trotz unseres erheblichen Gerassels weder das eine noch das andere gelungen war, brüteten wir dann zum ersten Mal die Idee aus, anstatt uns länger in Feindesland herumzuplagen, vielleicht einfach für immer hierher zu ziehen.

Ich höre noch deutlich Deinen Vater: „Nach Herrlich wollt ihr gehen?! Na, bitteschön, macht nur! Es soll ja auch schon vorgekommen sein, daß Leute im Intershop um Asyl gebeten haben."

Ja, und nun sitze ich hier, die Intershops sind abgeschafft, und jene, die jetzt mit den frisch erworbenen Waffen klappern, wissen nicht einmal mehr, daß es solche Läden gegeben hat, geschweige denn, was Dein Vater einst mit seinem Vergleich gemeint hat. Aber leichter, als wir es hatten, haben sie es trotzdem nicht.

Irgendwas muß seit damals mit den Fronten durcheinandergeraten sein. Wie soll ich es beschreiben? Mir scheint, als gäbe es plötzlich nicht mehr nur „richtig" und „falsch", sondern zu allem Überfluß nun auch noch so etwas wie „ganz richtig".

Und das hat natürlich verheerende Folgen für die Orientierung, mal abgesehen davon, daß durch das

Vorhandensein von „ganz richtig" das bisherige „richtig" zwangsläufig ein ganzes Stück in die Nähe von „falsch" rückt. Eine schlimme Situation ist das. Aber irgendwer wird schon einen Nutzen davon haben ...

Was die Erwachsenen betrifft, ist übrigens mitunter schwer zu erkennen, wer sich zu welchem Lager hält. Erwachsene sind eben verschleierungserprobter. Für die Unterscheidung der Herrlicher Jugend dagegen habe ich inzwischen verschiedene interessante Kriterien gefunden.

Die Sprache ist zum Beispiel solch ein Maßstab. Der Sprache nach gibt es auf der einen Seite diejenigen, welche sich von allerlei Verniedlichungen und von historischem Wortschatz angesprochen fühlen, und auf der anderen Seite jene, die sich für Amerikanismen begeistern.

Erstere eilen, wenn sie dem „Kiga" entwachsen sind, in „Scharen" zum „Jugo" und vergessen, sofern es bei einer „Rüste" zu wenige Schlafgelegenheiten gibt, keinesfalls ihre „Luma".

Letztere lassen sich „teens" oder „kids" oder „freaks" nennen, fahren gern in „camps" oder zu „workshops" und sind für jede „message" dankbar, vor allem, wenn sie von jenseits des großen Teiches kommt. Geradezu aus dem Häuschen aber geraten sie, wenn die „message" vom Absender persönlich vorbeigebracht wird. Und sofern sie sich gar als eine „vision" oder „mission" entpuppt, kommt ihre Wirkung mindestens jener von Schnaps im Hühnerfutter nahe.

Gemeinsam ist allerdings meiner Erfahrung nach einzelnen Vertretern beider Lager, daß sie ab einem gewissen Grad an Zugerüstetheit nicht nur Brust-

panzer und Schilde, sondern auch Helme mit herunter-
gelassenen Visieren tragen.

Wohin das führen wird? – Ich weiß es nicht.

In Verunsicherung,
Dein Traugott

P.S. Hast Du eine Ahnung, wie die deutsche Übersetzung
von „Dschieses" lautet?

Autorenbrief zu Herrnhuter Bote 9/1999 bis 2/2000
„Briefe aus Herrlich"

Liebe Leserinnen und Leser des *Herrnhuter Boten*,
das Verfassen der „Briefe aus Herrlich" bereitete mir zu Anfang viel Freude. Mit der literarischen Kunstfigur des Traugott glaubte ich, einen originellen Beobachter und Berichterstatter geschaffen zu haben.

Was ich außer befreiendem Lachen erwartet hatte, waren Diskussion, Auseinandersetzung auch Empörung – nur nicht beinahe konsequentes Schweigen.

Eine eingeweihte Person meinte, mir mitteilen zu müssen, der Grund für das mangelnde Echo sei darin zu suchen, daß ich mich hinter einem Pseudonym versteckt habe ...

Diese vorgebliche Auffassung teile ich nicht.

Ich danke hiermit ausdrücklich dem anonymen Schreiber „Fürchtegott", dem einzigen, der je auf meine Briefe eingegangen ist.

Holger Böwing, Herrnhut

Nach dem Herrnhuter Boten vom Februar 2000 wurde die Veröffentlichung der „Briefe aus Herrlich" eingestellt.

1999/2000

Munk

Nicht, daß es ihm an Lust darauf gemangelt hat.

Er zweifelte nie daran, früher oder später für einige Tage im Arbeitszimmer zu verschwinden und seine Geschichte ohne nennenswertes Absetzen des Stiftes zu Papier zu bringen. Wir werden nie erfahren, ob er es gekonnt hätte.

Wie sehr hatte ich während der letzten Tage gehofft, in der Tiefe seines Schreibtisches oder sonst irgendwo ein Manuskript, sein Manuskript zu finden und mit einem Schlag jener Aufgabe entledigt zu sein, die mich nun, wer weiß wie lange und mit welchem Erfolg, an diese Maschine bindet. Und wenn es nur Stückwerk gewesen wäre oder wenigstens ein Anfang! Nichts dergleichen. Ach, Josef Munk, Bruder, warum läßt du mich so im Stich?!

Wie ich jetzt dein Lächeln spüre und diese Prise Spott in deinen Augenwinkeln sehe, während du mit ernsthaftester Stimme sagst: „Ich denke schon, daß du das Amt des Lebensläufezensors zur allgemeinen Zufriedenheit ausführen könntest, du müßtest nur ein völlig anderer Mensch sein." Wie recht du hast.

Um so schlimmer ist es, nun auch von dir in die Verlegenheit gebracht zu werden, meiner verhaßten Berufung zu folgen, um abermals eine irdische Legislaturperiode in angemessener Weise beenden zu helfen.

„Laßt uns nun hören, wie unser heimgegangener Bruder in seinen letzten Tagen voll Dankbarkeit auf sein Leben zurückgeblickt hat", höre ich schon deutlich den Liturgen sprechen, während er meine Niederschrift, deine Lebensbeichte, aufschlägt, um sie der versammelten Gemeinde zu Gemüt zu führen. Keiner verläßt den Saal ohne Zeugnis.

Und schließlich wird dieser Lebensbericht Einordnung im Archiv der Brüderschaft finden: „Heimgänge 1994: Nr. 7 – Bruder Josef Munk – geb. 5.11.1958 – gest. 6.11.1994"

Wenn mein Blick während eines Atemholens zwischen zwei Federstrichen in den Ergüssen nach dir heimgegangener Brüder oder Schwestern durch die endlosen Regale wandert, werde ich ab bald einen Platz zum Innehalten wissen. Schluß mit dem Lamentieren!

Du hattest ein Leben, bevor du nach Herrlich kamst. Das ist wesentlich. Du hattest ein großes Stück Leben. Und sprachst du je von etwas anderem, in der ersten Zeit? Und schwiegst du je von etwas anderem in der Zeit darauf? Und erschrakst du nicht gar in der letzten Zeit, wenn jemand von damals, von außerhalb kam und Gespräche verhieß? Oder war alles genau umgekehrt? Verwirrung durch Überlagerung der Ereignisse.

Interferenz, sie kann zu Auslöschung oder Verstärkung führen.

Als Munk nach Herrlich zog, warfen auch dort die ersten Termingeldanlagen 8% Zinsen ab. Den Zehnten konnte man plötzlich steuerlich geltend machen, und ein uneigennütziges Versicherungsunternehmen namens Brüderschutz hatte nun auch im Osten Deutschlands seine Zielgruppe im Visier. Keinem ging es schlechter als vorher.

Als Munk Richtung Herrlich fuhr, streichelte ihm seine Frau auf halbem Wege irgendwo mitten auf der Autobahn plötzlich und nur ein einziges Mal von ihrem Beifahrersitz aus mit der Hand über den Kopf. Da begann sein Kinn zu zittern, war außer Kontrolle wie im Kino am Ende mancher Filme.

Es hatte bereits gedunkelt. Der Möbelwagen ließ noch immer auf sich warten. Da beschloß Munk, dem Transport langsam entgegenzugehen.

Auf den Bänken vor dem Museum entdeckte er eine Gruppe Halbwüchsiger. Sie hatten ihre Räder in den Fahrradständer geschoben und unterhielten sich in gemäßigter Lautstärke. Selbst wenn sie lachten, klang es verhalten. Als Munk in ihrer Höhe war, grüßten ihn einige von ihnen. Und er grüßte schmunzelnd zurück. Sie benahmen sich genau nach seiner Erinnerung, als hätten sie es geradezu darauf angelegt, sein Klischee von der brüderschaftlichen Jugend zu bedienen.

Famos, dachte Munk, wenn überhaupt jemand dazu geeignet sein könnte, das Wörtchen „famos" dem Vergessen zu entreißen, dann die Herrlicher Jugend: Eine famose Gangschaltung hast du da. Ein famoses Buch habe ich gelesen. Weißt du, daß du ein ganz famoser Kerl bist?

Im gleichen Moment, als er den Möbelwagen kommen sah, schlug eine Herrlicher Schwester aus Munks frühester Kindheit ein Ei in die Schüssel, um einen nahrhaften, fast nur aus Mandeln, Nüssen und Rosinen bestehenden Kuchen zu backen und am nächsten Morgen den neuen Nachbarn zu bringen. Dieser Kuchen war es, der Munk während der darauffolgenden zwei Wochen besinnungsloser Schufterei am Leben erhielt. Dann ließen sie die Kinder nachkommen.

Ich kann den Herbst deutlich riechen, den großen Magier, den Munk Jahr um Jahr bereitwilliger empfing, um sich verzaubern zu lassen wider besseres Wissen, wider alle Erfahrung, wider alle Vernunft. Er stürzte sich geradezu in dessen Umhang, ließ sich darin einwickeln, bis ihm

Hören und Sehen, Essen, Trinken, Atmen und Sprechen verging, bis er ein anderer, völlig anderer war und ein wenig auch blieb nach der Erlösung.

Einmal im Jahr derselbe Regen / Vor sieben Regen fand ich eine Tür / hineinzugehn und gehe jeden Regen / seither hinaus, um vor der Tür zu stehn / und steh im Regen.

Dies war die Zeit im Jahr, vor der sich Munks Frau am meisten fürchtete.

Aber nicht genug, daß Munk der Verzauberte war. Gleichzeitig mit seiner Verwandlung bekam er auch selbst Zauberkräfte verliehen, die ihm gelingen ließen, was immer er in seinem rauschartigen, verhängnisvollen Zustand erreichen zu müssen glaubte. Selbst das Aussprechen der Wahrheit um seine Lage führte zu nichts anderem als zu ihrer Zuspitzung: „Wissen Sie", gestand er, „wahrscheinlich lebe ich in dem Wahn, mir Wintervorräte für die Seele anlegen zu können", und trug schon im nächsten Moment ein verständnisvolles Lächeln, ein Staunen, einen warmen Händedruck oder gar ein Streicheln, eine Umarmung in seine Vorratskammer.

Kein Ort ist Herrlich, um vor seinen Herbsten zu fliehen. Niemand flieht nirgendwohin vor sich selbst. Archivare werden als Archivare sterben.

In der ersten Zeit wurde er oft gefragt, warum er ausgerechnet nach Herrlich gezogen sei, worauf er scheinbar wahrheitsgemäß antwortete, daß er sich damit einen Kindheitswunsch erfüllt habe. Aber natürlich wußte er ganz genau um die Unmöglichkeit, sich als Erwachsener Kindheitswünsche zu erfüllen. Wer sie als Kind nicht erfüllt bekommt, bekommt sie nie erfüllt.

„Herr / lich – Kö / nig / lich – Gnä / dig – Nied / rig – er / stes – zwei / tes – drit / tes – Glied."

Munks Töchter hüpfen kichernd über die Gehwegplatten vor dem Haus. Woher sie nur diesen Spruch plötzlich haben? Wenn er tatsächlich überliefert ist, wie Munk felsenfest behauptete, wäre man also in der Brüderschaft schon nach drei Generationen dazu übergegangen, den Geburtsort und die Reihe der Vorfahren in die Wertung eingehen zu lassen. Ist er allerdings nicht überliefert, so hat ihn vermutlich Munk erfunden, was im Grunde genommen auch nichts ändert

„Wie wäre es mit einer Runde Archivaren-Roulette?"

Manchmal war sein Humor geradezu abartig. Er erfand dieses Spiel in jener Nacht, als Schwester P. uns im großen Archivsaal eingeschlossen hatte, um nebenan ungestört in sich gehen zu können, weil durch eine Stasiakte ans Licht gekommen war, daß sie in den sechziger Jahren das verschollen geglaubte Geheimrezept des Herrlicher Liebesbrötchens an ein westdeutsches Bäckereiunternehmen verkauft hatte. Munks Spielidee basierte auf der Behauptung, daß nahezu jeder, dessen Gebeine und Lebensbericht in Herrlich vor sich hin moderten, auch in Herrlich oder wenigstens Königlich, Gnädig, Niedrig oder aber einer Herrlicher Missionsstation das Licht der Welt erblickt hatte, beziehungsweise spätestens im zweiten Abschnitt seines Berichtes auf einen, diese Voraussetzungen erfüllenden Verwandten verweisen konnte. So stuckerten unsere Zeigefinger, während Schwester P. mit ihrer Vergangenheit rang, an den mehr oder weniger brüchigen Rücken der Lebensläufe aus zweieinhalb Jahrhunderten entlang. Wir gaben unsere Tipps ab, blieben auf Kommando stehen und überprüften an Ort und Stelle, ob wir richtig geraten hatten.

„Klobenwalde, den 13. August 1993

Lieber Josef!

Habt vielen Dank für Euren letzten Brief. Ich habe mich sehr über Euren Vorschlag gefreut. Sicher spricht vieles dafür. Bitte seid mir nicht böse, aber ich kann mich so schnell nicht entscheiden. Ich lebe jetzt schon vierzig Jahre hier und habe viele Wurzeln geschlagen. Ich hoffe, daß Ihr mich verstehen könnt.

Vorgestern ist wieder etwas Schreckliches passiert: Herr Wilumeit hat sich aufgehängt. Wir konnten es alle nicht fassen. Noch am Tag zuvor hatten wir uns auf der Straße unterhalten. Er war wie immer. Übermorgen wird die Beerdigung sein. Den ganzen gestrigen Nachmittag habe ich bei seiner Frau verbracht. Es war furchtbar. Aber ich weiß ja aus eigener Erfahrung, wie wichtig es ist, in solchen Stunden jemanden zu haben. Vor dem Gang zum Friedhof graut mir jetzt schon.

Wegen meiner Rente habe ich noch immer keinen endgültigen Bescheid. Nun ist seit dem Geburtstag schon fast ein Jahr vergangen.

Aus Gnädig kam auch lange kein Lebenszeichen ...

Ich habe fest vor, Euch auch diesmal wieder über ein Wochenende im Advent zu besuchen. Ihr werdet rechtzeitig von mir hören.

Drückt die Kinder von mir, herzlich, Eure Mutti und Omi.

P.S.: Es bleibt aber dabei, daß ich in Herrlich beerdigt werden möchte!"

Während der ersten beiden Ferien nach dem Umzug kamen etliche Freunde zu Besuch. Mit schlecht gespieltem Eifer führte Munk sie zu den Stätten, die Herrlichs historische Bedeutung illustrieren sollten.

„Oh, nein", riefen die Kinder, „nicht schon wieder zum Gottesacker!"

Was auch war dieses tote Museum gegen den lebendigen Friedhof seiner Kindheit, auf dem fast immer schon sein Vater lag!

Er befand sich am Rande der Stadt unweit vom Kindergarten auf einer Anhöhe. Wenn man sie über den Hauptweg erklomm oder wieder herab wollte, hatte man sich zusammenzureißen, durfte nicht rennen, rollern, pfeifen, singen. Wenn man aber den seitlichen Feldweg nahm, war alles möglich.

„Das ist Bruder Munk mit seiner Familie, ein echter Cousin von Bruder Bohm aus Gnädig, der vor zwei Jahren an Trinitatis die Jüngste von unserm seligen Bruder David geheiratet hat", hörte Munk bei seinem ersten geselligen Nachmittag im Kreise der Brüderschaft jemanden flüstern.

Da war er, der große Gewinn im Archivaren-Roulette, der Name mit Tradition, beinahe groß genug, die Bank zu sprengen. Walter sei Dank!, dachte Munk, während er sein Stück Herrlicher Liebesbrötchenersatz in die Länge zog. Und indem er über den Rand seiner nur mit Mühe zu leerenden Teetasse spähte, konnte er sich des Eindrucks nicht erwehren, daß ihm von überall aus dem Saal mindestens freundlich zugeblickt wurde.

Die Kinder bekamen ein übersüßes Brötchen nach dem anderen zugeschoben, die halbvollen Teekannen sammelten sich in ihrer Nähe, Hände wurden ihnen entgegengestreckt.

„Nun danket alle Gott / mit Herzen, Mund und Händen, der große Dinge tut / an uns und allen Enden, der uns von Mutterleib / und Kindesbeinen an / unzählig viel zugut / und noch jetzund getan."

Und mit einem Mal bemerkte Munk, daß sie von lauter alten Leuten umgeben waren.

„Man kann eben nicht immer nur zur Kirche gehen", brachte am nächsten Morgen die Verkäuferin im Getränkeladen ihre Genugtuung über Munks großen Einkauf zum Ausdruck, während sie die Rotweinflaschen in den Beuteln verstaute.

„So ist es", entgegnete Munk lachend und stieß mit der Schulter die Ladentür auf.

Die, mit denen er betete, tranken nicht mit ihm. Die, mit denen er trank, beteten nicht mit ihm. Die ihn Bruder nannten, kannten ihn nicht, und die ihn kannten, nannten ihn nicht Bruder.

So kam es, daß Munk seine Gebete in das Herbstlaub auf den Herrlicher Waldwegen schrieb.

Nach einem Vierteljahr ungefähr mochte Munk den Eindruck erwecken, er gehöre schon immer zu Herrlich und Herrlich zu ihm. Sein gewinnendes Lächeln kam von Herzen. Es war das Lächeln des Säuglings im Kinderwagen, der die Betrachter freundlich stimmen will.

Es fällt mir schwer, diesen im Grunde erbarmungswürdigen Charakterzug Munks noch deutlicher beim Namen zu nennen: Nahezu sein ganzes Gebaren zielte darauf ab, rasch in den Stand der allgemeinen Gerngesehenheit zu gelangen. Menschen, die ihn nicht leiden konnten, machten ihm Angst, sogar wenn er eigentlich nichts mit ihnen zu schaffen hatte.

In vielfältigen Spielarten konnte er sich nähern, grüßen, Worte wechseln, sich verabschieden und wieder entfernen. Die gehobene Hand, das knurrige „Mojn!" für Bauarbeiter. Ein „Guten Tag!" im kindlichen Singsang und mit der Spur einer Verbeugung vorgetragen für alte, gebrechliche Leute. Frauen mit hungrigen Augen den etwas angerauhten Gruß aus tiefster Kehle, aufrecht und ohne Kinkerlitzchen. Kleinen Kindern ein Winken. Zu Müllfahrern kein Wort, aber die Hand im Vorübergehen lange erhoben und ein wissender Gesichtsausdruck. Verkäuferinnen passendes Kleingeld. Mitarbeitern ein kräftiger Händedruck. Ein Stoß in die Rippen, ein lockerer Spruch für halbwüchsige Jungs. Und nicht zuletzt, die Grußformel mit einem Kopfnicken unterstrichen bei Begegnungen mit den zahlreichen Geistlichen unter seinen Brüdern und Schwestern. Munk das Chamäleon.

Nach nicht einmal einem halben Jahr allerdings sollte Munk durch das Wirken, besser, das Nebenwirken eines einzelnen Mannes eine Bindung an Herrlich und seine Brüderschaft erlangen, die weit über den äußeren Anschein hinausging:

Ich bin versucht, die Geschichte jenes Dr. Schmitt mit der Unterstellung einzuleiten, daß er zusätzlich zu allem, was er nicht war, vielleicht auch gar kein Doktor gewesen ist. Noch jetzt, beinahe drei Jahre später, sehe und fühle ich ihn von Zeit zu Zeit leibhaftig. Selbst in meine Träume findet er noch immer Einlaß.

„Wir werden gemeinsam zu Kongressen fahren", hatte er Munk eines Nachmittags versprochen. „Wir werden zu Kongressen fahren und Cognac trinken", sagte er und legte den Arm um Munk, wie ein Lehrer 'nem Schüler beim Wandertag.

Eines spürte ich von Anfang an deutlich: Wenn er es schaffen würde, Munk zu gewinnen, würde er kaum noch zu kippen sein.

Vielleicht hätte sich unser Kreis niemals so rasch gebildet, wenn Schmitt nicht allen im Archiv eine ständige Anfechtung gewesen wäre.

Wir fanden einander ohne Verabredung, um unsere Verletzungen zusammenzutragen. Im Grunde waren unsere damaligen Zusammenkünfte nichts anderes, als gegenseitige Wundversorgung mit Rotwein, ein „Schmitt-kreis" an mindestens drei Abenden in der Woche, ein Kreis, der gern seinen Mittelpunkt abgeschafft hätte, um den sich doch jede Rede drehte.

Munk war, soweit ich es einschätzen kann, der einzige von uns, der unter Schmitt nicht bis zur Existenzangst litt, und er liebte es, ihn zu einem Monstrum aufzublasen. „Er fliegt dann besser, wenn ihm jemand den Stöpsel zieht."

Wir waren augenblicklich verhaltensgestört, sobald wir Schmitt im Archiv wußten. Und weil wir mittlerweile bemerkt hatten, daß er sich zu allem Übel auch noch anschlich, an Türen lauschte und durch Schlüssellöcher spähte, verhielten wir eigentlich beinahe immer so.

Er war pünktlich mit der D-Mark nach Herrlich gekommen. „Wir freuen uns ganz besonders, lieber Bruder Schmitt, in dir endlich, nach vierzig Jahren Notstand, einen hochgebildeten Spezialisten für unser Archiv gewonnen zu haben. Daß wir jemals einen, in Amerika ausgebildeten, ‚Master of the rolls' bei uns begrüßen würden, hätten wir uns noch vor einem Jahr nicht träumen lassen. Nun laßt uns Gott danken für seine große Gnade", sprach der Pfarrer und ahnte nichts.

Oh, wie Schmitt diese Anbiederei genoß, wie es ihn erquickte, wenn seine Lügen durch den Mund eines anderen gewaschen wurden. „Master of the rolls", jetzt hoffentlich auf einem Bahnhofsklo in Sibirien.

Daß sie ihn bis zum Schluß, als schon feststand, daß er weder in Amerika ausgebildet noch überhaupt Archivar war, ja, daß er sich auf dem Computer der Brüderschaft zwei Tage zuvor selbst seine Ernennung zum „Keeper of public records" erstellt und die notwendigen Unterschriften gefälscht hatte, daß sie ihn nach alledem also weiter mit Bruder anredeten, obwohl er nie der Brüderschaft beigetreten war, traf uns am meisten.

Und schon wenig später sandte der Rat der Ältesten abermals einen Hilferuf gen Westen, doch da hatten wir uns schon Munk zum Chef ausgeguckt, um Schlimmeres zu verhüten.

Ach, Munk, Bruder, warum hast du uns verlassen?

–

Was wollt ihr hören, ihr Schwestern und Brüder? Was heimtragen nach diesen Stunden des Gedenkens? Ich weiß, ihr seid erschienen, das Übliche zu Ohren zu bekommen. Ich aber sage euch, es gibt kein Übliches.

Was wollt ihr hören, ihr Pilger nach Herrlich? Was mitnehmen nach diesen Stunden? Ich weiß, ihr seid gekommen, das Besondere zu fassen. Ich aber sage euch, hier gibt's nichts Besonderes. Alles Besondere lebt im Einzelnen.

Ich kannte einen Mann, der hieß Josef Munk und war Herrlicher Bruder. Der war zur Brüderschaft gekommen, weil sein Cousin Walter in Gnädig ihm manchmal ein buntes Bildchen abgab, und er hatte das Album nicht dazu, vielleicht aber auch wegen eines Mädchens, das er mit bebender Brust Psalmen vorlesen hörte, oder wegen der Frau, die ihm drei Töchter schenkte.

Ich kannte einen Mann, der hieß Josef Munk, der war ein großer Spötter vor dem Herrn. Den sah ich Morgen für Morgen unter dem Apfelbaum im Kindergarten die Hände falten. Der sang Choräle und Arbeiterkampflieder mit gleicher Inbrunst. Der stand breitbeinig im Leben von Anfang an, weil die zwei Schienen, an die er sich halten sollte, schmerzhaft weit entfernt voneinander verliefen.

Müßige Mahnung im Duett der Soprane: „Guten Abend, Bruder Munk! Wollen Sie auch zum Lichtbildervortrag von Bruder Sermon? Sie wissen doch, Tanganjika!"

„Nein, danke der Nachfrage, ich interessiere mich mehr für Neverland."

Wie kam er dazu, den beiden freundlichen Schwestern so einen Stuß zu antworten? Aber die hatten es gar nicht bemerkt, waren beide ein Staunen und ein Ohr. „Oh, wir wußten gar nicht, wie hieß das Land doch gleich?"

„Neverland. Sie werden zu spät kommen!" entgegnete Munk und sah zu, daß er weiterkam.

Unterwegs begegneten ihm noch einige Geschwister, die zügig Kurs auf den Kirchsaal nahmen, aber da er sich nun eindeutig in die andere Richtung bewegte, fragte ihn niemand mehr.

Wenn ihr wüßtet, dachte Munk. Wenn ihr wüßtet, fühlte Munk. Wenn – ihr – wüß – tet, marschierte Munk, rannte, keuchte, jubilierte Munk.

Ein kalter Regen fiel, aber er fror nicht. Seine Jacke und die oberen Knöpfe seines Hemdes waren geöffnet. Auf dem Kopf trug er einen Zimmermannshut. Es war bereits dunkel.

Vom Ende der Straße kam ihm ein kräftiger Mann entgegen. Aus der Nähe erkannte er seinen Sportlehrer. Er hielt einen roten Plasteeimer im Arm und versuchte krampfhaft, ihn unter der Jacke zu verstecken.

Wenn du wüßtest, dachte Munk und war schon im nächsten Augenblick an ihm vorüber. Von da an folgte er dem Geruch.

Später begegneten ihm noch zwei Männer. In dem einen erkannte er den Vater eines brutalen Klassenkameraden, in dem andern den Fahrschullehrer des Ortes. Sie waren außer Atem.

Zielstrebig ging Munk auf das Haus mit der Nummer 5 zu. Als er das Licht im Treppenaufgang einschaltete, sah er vor sich einen Buckligen im Schlafanzug auf Knien rutschen und mit einem Taschentuch die Treppenstufen abwischen.

„Es ist gut, Hermann!", ertönte eine warme Frauenstimme von weiter oben.

Munk krampfte sich das Herz zusammen. In wenigen Sprüngen nahm er die Treppen, jauchzte, flog, schrie und hielt sie in den Armen. Ihr Kopf vergrub sich an seiner Brust, ihr ganzer Körper war so fest an den seinen gepreßt, daß er jede ihrer Bewegungen als Schmerz fühlen konnte. Und sterbensglücklich ließ er sein Gesicht in ihr Haar sinken.

In der kleinen Wohnung roch es nach Pfefferminztee. Sie saßen sich auf zwei weißen Küchenstühlen gegenüber und hielten einander bei den Händen. Munk konnte sich nicht satt sehen an ihrem Leuchten. „Mein Mädchen, mein Mädchen!" sagte er kopfschüttelnd mehrmals nacheinander.

„Sie sind wieder da gewesen", flüsterte sie.

„Ich weiß, ich habe sie getroffen", entgegnete Munk, „Du brauchst keine Angst zu haben, sie können uns das nicht nehmen."

Als Munk seinen ersten Herbst in Herrlich fast überstanden hatte, wurde er als Referent zu einem Jugendabend eingeladen.

„Eintrag im Logbuch!" betrat er am nächsten Morgen das Archiv. „Die Kinder der Eingeborenen aber gaben uns den meisten Anlaß zum Staunen. Obwohl sie von den fernsten Ländern zu schwärmen verstanden, stellte sich alsbald heraus, daß sie von dem Land, auf dessen Grund sich ihr Reservat befindet, nicht die geringste Ahnung haben. So hatte ich zwei Schritte vor dem Reservatseingang einen Apfel unter dem Baum aufgelesen und brachte ihn drinnen arglos zum Vorschein. Da riefen sie wie aus einem Munde: ‚Ein Handelsschiff hat angelegt, groß ist deine Gnade, o, Herr!'"

„Herrlich ist ein guter Platz für unsere Kinder, das kannst du doch zugeben, das mußt du doch zugeben können!"

Er ging durch den Park. Ohne Eile schob er das Rad neben sich her und lauschte dem sanften Geräusch, das auf dem weichen Blätterteppich mit ihm ging. Hecken, fremdländische Bäume und Sträucher säumten den Weg, dazwischen manchmal eine hölzerne Bank, die aus dem Boden gewachsen zu sein schien, zwei Teehäuschen nach japanischer Art, ein Rosenrondell. So kam er bis zu dem großen Platz in der Mitte Herrlichs.

Die Kirche im Zentrum, ringsum barock anmutende, gepflegte Gebäude mit roten Ziegeldächern, gelben Fassaden, Simsen, Erkern, viel Kupfer, davor wohlerzogene Bäume, Straßenlaternen.

Munk, mein Lieber, soll ich ihnen wirklich alles offenbaren, jetzt noch, wo du dein schwarzes Herz unbemerkt ins Ziel getragen hast? Glaubst du, irgend jemand hat Interesse daran, daß ab heute brüderische Lebensläufe nicht mehr wie liebliche Bächlein dahinplätschern? Willst du sie tatsächlich vom Chaos schmecken lassen? Bist du wirklich sicher?

Nein, mir machst du nichts vor, so abgebrüht warst du nie.

Der kleine Josef Munk hatte sein Herz schon schwarz, ehe er zur Schule kam. Das war seine eigene Schuld, denn in seiner Vorstellung nahm die Schwärzung, die durch eine einzige Lüge verursacht wurde, genau ein Viertel der gesamten Herzfläche ein. Durch vier Lügen also war es geschehen, daß er auf ewig die Chance verspielt hatte, in den Himmel zu kommen und seinen Vater kennenzulernen.

Eine Zeitlang schöpfte er Hoffnung, weil er die Möglichkeit erwog, die Schwärzung des Herzens griffe nicht Stück für Stück um sich, sondern erfolge über immer tiefer werdende Grautöne. Wohin aber würden Leute mit grauen Herzen nach ihrem Tode gelangen?

An einer Hand waren seine Lügen abzuzählen, Schlüssellügen, verschlossen die Tür zum Himmel, eröffnet die Pforten der großen Folterkammer, Ende schlimm, alles schlimm.

Das Gefühl, langsam durchschaut zu werden, überkam Munk an dem Tag, als er den ersten Schnee in Herrlich fallen sah. Er war während des Nachhauseweges einigen Brüdern und Schwestern begegnet, hatte mit routinierter Freundlichkeit zu grüßen versucht, aber schon beim Luftholen schien ihm, als lege plötzlich niemand mehr Wert auf seinen Gruß.

Er schloß die Haustür hinter sich, ging ohne Eile den düsteren Flur entlang zwischen den Briefkästen und Kinderwagen ganz bis nach hinten, hörte, während seine Finger nach dem Lichtschalter tasteten, das Mauerwerk rieseln, fand endlich den Schalter, betätigte ihn und trat in den Heizungsbunker.

Der Bunker bestand aus zwei durch eine Schwelle voneinander getrennten ruß- und kohlenstaubgeschwärzten Räumen. Im hinteren Raum befand sich nichts außer einem riesigen Berg Kohlen. Den vorderen Raum durchzogen lange, mit Gipsbinden umwickelte Rohrleitungen, die untereinander verbunden waren. Zwei von ihnen mündeten in den eisernen Kessel in der Raummitte.

Munk nahm seine Zigarettenschachtel vom Mauervorsprung und setzte sich auf die Schwelle, aber der Kohlenberg in seinem Rücken flößte ihm ein solches Unbehagen ein, daß er, noch ehe die Zigarette glomm, wieder aufgestanden war.

Er lehnte sich an den Türrahmen, rauchte in tiefen Zügen und starrte gedankenverloren zu den schweren Feuerungswerkzeugen an der gegenüberliegenden Wand. Schließlich verweilte sein Blick an einer Kohlenschaufel, deren Blatt so abgewetzt war, daß man seine ursprüngliche Größe nur noch ahnen konnte. In ihren Griff jemand vor langer Zeit das Wort MISSION eingebrannt.

„Ich kenne Ihre Mutter", hörte Munk, als sein Stammbaum sich in Herrlich herumgesprochen hatte, von Zeit zu Zeit diesen und jene behaupten.

Das sollte mich wundern, dachte er, und tat interessiert.

Zweimal im Jahr kam Munks Mutter nach Herrlich zu Besuch.

Wenn sie das Haus verließen, fragte sie flüsternd nach den Namen von Leuten, die ihr bekannt erschienen, und durchlitt eingezogenen Kopfes die Gefahr des Angesprochenwerdens.

Entstand dennoch ein Dialog, lenkte sie die Rede immer auf dritte, nicht anwesende Personen, „Ach, was macht denn Schwester A.?", und ließ sich dankbar von ihren Enkelkindern weiterziehen.

„Wir müssen erst beten, Papa!" fingen Munks Töchter an, ihn zu belehren, kaum, daß sie in Herrlich Fuß gefaßt hatten.

„Wie schnell die Kinder sich eingewöhnt haben", brummte Munk und würgte seinen Bissen herunter.

War eigentlich damals in Gnädig regelmäßig vor dem Essen gebetet worden? Munk konnte es nicht mit Sicherheit sagen.

„Alle, die mir sind verwandt, Gott, laß ruhn in deiner Hand. Alle Menschen, groß und klein, sollen dir befohlen sein!"

Du weißt, Munk, daß deine Oma Gnädig mit der Schere in der Hand gestorben ist, weißt, daß der bei ihrer Beerdigung vorgelesene Lebenslauf von jemandem meines Amtes verfaßt werden mußte, weil sie in der Stunde ihres Todes nach den „Sündenpapieren" geschrien hat und nicht eher die Augen schließen konnte, ehe ihr eigenes Leben in unleserliche Papierstreifen zerschnipselt war. Und es blieb nichts als Heulen und Zähneklappern.

Sie hatte versprochen, oft zu euch zu kommen. Sie kam in drei Wintern, danach niemals mehr. Viel greifbarer schien ihr in Gnädig die Not: Da warf die Sau, gebar die Frau, kalbte das Rind, erkrankte ein Kind, faulte das Heu, war der Pfarrer noch neu, war der Kaffee zu dünn, war der Hausfrieden hin, ging's in die Rüben, ging es nach drüben, ging es ums Ganze. Niederkunft wieder – Wiederkunft nie.

Schon seit Wochen kam Munk nicht mehr an seinem Spiegelbild vorbei, ohne sich selbst intensiv in die Augen zu blicken.

Bei Spiegeln, denen er frontal gegenüberstand, hielt er zunächst den Kopf so weit gesenkt, daß sein Stirnbein ihm beinahe die Sicht nahm. Dann hob er ihn langsam und verfolgte, ohne auch nur einen Moment unaufmerksam zu sein, wie das Weiße unter der Iris allmählich in den Augenhöhlen verschwand. Danach riß er sich sofort von sich los.

Aus Spiegeln in Fluren und Gängen, denen er sich nur im Vorübergehen zuwenden konnte, sah er sich meist in einer Art geneigtem Halbprofil an, schräg von unten und zwangsläufig ebenfalls mit viel Weiß in den Augen. Selbst an Schaufenstern und Autoscheiben gelangte er kaum noch blicklos vorüber.

„Wir können nicht in das Herz eines Menschen schauen", hörte Munk seinen Tischnachbarn wie von sehr weit her sagen. Aber wir versuchen es immer wieder, beendete er in Gedanken den allzuoft gehörten Satz.

Behutsam öffnete Munk seine Hand und sah in die suchenden Augen einer jungen Frau. Sie trug eine weiße

Bluse, ihr Haar war frisch frisiert, das Gesicht dezent geschminkt. Sie bemühte sich zu lächeln, aber ihr Lächeln war gefangen. Abermals schloß und öffnete er die Hand.

Es kann nicht funktionieren, dachte er, nicht, wenn dir dein Gegenüber fremd ist. Vorhin, als sie hereingekommen war und erst einmal ungezwungen erzählen sollte, hatte sie nach einiger Zeit wirklich gelächelt. Richtig frei aber war ihr Lächeln erst geworden, als wir das Gespräch beendeten.

„Du bist nicht bei der Sache", bemerkte Bruder Adler und nahm Munk das Paßfoto aus der Hand, „Was ist los?"

Was wissen wir schon, lag es Munk auf der Zunge, aber er schwieg, weil er dem anderen nicht nochmals das Stichwort liefern wollte.

Fast immer führten sie die Bewerbungsgespräche miteinander. Bruder Adler war es, der damals, als Schmitt abgelöst werden mußte, die Größe besessen hatte, sich unserem Widerstand zu beugen und Munk die Leitung des Archivs zu übertragen. Er trug die Hauptverantwortung für alle Personalentscheidungen.

„Findest du ihre Vergangenheit wirklich so schlimm?" fragte Munk, ohne vom Tisch aufzusehen.

„Niemand ist gezwungen worden", entgegnete der Pfarrer.

„In Herrlich vielleicht."

„Nein, auch sonst nirgendwo."

Bruder Adler blickte Munk kurz über den Brillenrand an. „Solange ich wählen kann zwischen zweifelhaften Leuten und den wenigen anderen, dürfte wohl klar sein, für wen ich mich entscheide." Darauf legte er die Bewerbungsunterlagen beiseite. „Und, wie kommst du zurecht?"

Jetzt wäre der Augenblick, schoß es Munk durchs Hirn.

Da legte Bruder Adler die Hand auf Munks Unterarm und sagte: „Weißt du, wie froh ich bin, daß wir dich haben?"

Ab dem Zeitpunkt, als Schmitt uns keine Verletzungen mehr zufügen konnte, trafen wir uns seltener. Wir hatten unseren verhaßten Mittelpunkt verloren. Dennoch kamen wir in unregelmäßigen Abständen zusammen, und im Laufe der Zeit begannen sich unsere Abende wieder bis in die Morgenstunden auszudehnen. Wir fingen an, einander kennenzulernen.

Munk liebte es, uns und sich selbst als Gastgeber in eine rauschartige Wachheit zu versetzen. Er konnte Musik wie ein Sortiment von Drogen gebrauchen, spürte, wann er wen womit versorgen mußte, um ihm oder ihr über die Schwelle zu helfen. So kamen wir an unsere Geschichten.

Du gehörst nur denen an, deren Sprache du perfekt beherrschst. Du beherrschst eine Sprache nur in Perfektion, wenn du keinen einzigen Fehler machst. Schon an dem geringsten Akzent wird man, wirst du dich immer als Fremden erkennen. Und selbst unter den Fremden bist du fremd, weil eure Fehler nicht identisch sind. Was also ist zu tun? Schweigen? Lernen? Kinder zeugen? Schreiben?

Ich weiß genau, was du jetzt von mir erwartest, Munk. Nein, den Gefallen werde ich dir nicht tun. Keine Zeile wird folgen an nächster Stelle vom bedauernswerten, kleinen Josef, dem Muttersöhnchen, mit dem keiner zu tun haben mochte, dem braven Lehrerkind, dem nicht zu trauen war, dem geschniegelten Fassonschnittbubi, über

100

den die Mädchen nur lachen konnten und dem ewigen Ballholer. Kein Wort davon!

—

Es ist Sonntag, schleppender, stöhnender Sonntag, der Tag, an dem all unsere Werke zum Nichtgedeihen verurteilt sind, wenn man den Mahnern glauben möchte.

„Sie wollen doch heute nicht Äpfel pflücken, Bruder Munk?!“

„Der Sabbat ist um des Menschen willen gemacht, und nicht umgekehrt. Schönen Tag noch, Schwester Jacobi!“

Aber auch nachdem seine Nachbarin in die Flucht geschlagen war, fühlte er sich keineswegs besser. Schnell stellte sich das Ernten der Äpfel als ein weiterer, zum Scheitern verurteilter Versuch heraus, dem siebenten Tag der Woche beizukommen.

Im Grunde hatte es keinerlei Bedeutung, was Munk sonntags anfing oder bleiben ließ, er war vom Erwachen bis zum Einschlafen in einen zähen Teig aus Melancholie und Ohnmacht gehüllt, seine ganz persönliche Erbmasse, aus der er sich nicht zu befreien vermochte.

Es ist Sonntagnachmittag, Munk. Während in den Wohnungen der Brüderschaft die gute Stube zum Spielsalon umfunktioniert wird, während Untugenden wie Gier, Verschlagenheit, Skrupellosigkeit und Schadenfreude mit *Monopoli* und *Kuhhandel* therapiert werden, schlage ich mir die Zeit mit deinem Lebenslauf um die Ohren. Gern gebe ich zu, daß ich schon ödere Stunden hatte.

An jenem Tag, da Munk zum zweiten Mal, seit sie in Herrlich lebten, den Geruch des bevorstehenden Winters wahrnahm, meldete er sich freiwillig für das Amt eines Sargträgers. Er hatte keinen Moment lang mit sich ringen müssen. Idee und Umsetzung waren eins.

Offenbar regelrecht glücklich über seine Entscheidung, an der sich seines Erachtens keine Spuren von Berechnung, Eitelkeit, Pflichtbewußtsein, Gefälligkeit oder Feigheit finden ließen, erzählte er uns gleich am nächsten Tag davon, ja fuhr sogar umgehend in die Stadt, um sich einen geeigneten dunklen Mantel zu kaufen. Daß er mit diesem Schritt Wohlwollen hervorrief, registrierte er lediglich still.

Warum nur wurde Munk bis zum Schluß das bedrückende Gefühl nicht los, daß seine Frau ihn für nichts als einen Blender hielt, was seine Rolle in der Brüderschaft betraf, bestenfalls für ein besonders ausgefallenes Einwegwerkzeug Gottes?

Was eigentlich stellte sie sich vor? Ein Häuflein Demut? Einen Eiferer mit geronnenem Speichel in den Mundwinkeln? Einen unermüdlichen Leser, der nur ein einziges Buch kannte? Einen, der den sonntäglichen Kirchgang kaum erwarten konnte?

Munk hatte nach seiner Kindheit nur noch dreimal mit wirklich verzweifelter Inbrunst die Hände gefaltet. Das war, als seine Töchter das Licht der Welt erblicken sollten und anscheinend wenig Wert darauf zu legen schienen.

Von diesen Ausnahmen abgesehen, sprach er nur Dankgebete. Wobei ihm natürlich vollkommen klar war, daß es sich dabei ja eigentlich auch um nichts anderes handelte, als um getarnte Bitten.

102

Rätsel für Kirchenferne: Es klingt wie ein Jubelruf und ist doch ein Hilfeschrei. Was ist das?

Auflösung: Das Hosianna!

Dank – Gedanke – Hintergedanke untrennbar ein Leben lang und bis zum letzten Atemzug? Selbst noch im Angesicht des Todes?

Ja doch! Wer wirklich meint, Grund zum Applaudieren zu haben, meint auch, brüllt auch unweigerlich: „Zugabe!"

Und wofür dankte Munk?

Er dankte für alles, woran sein Herz tatsächlich hing, und darunter war weder sein Ansehen, noch sein Kontoauszug. Daß er sich allerdings ausgerechnet den Dingen, an die er kein Gebet verschwenden mochte, besonders intensiv widmete, ist die andere Seite.

Dabei war er durchaus in der Lage, zu ahnen, was der Prediger mit „Wahnwitz und Haschen nach Wind" meinte.

Obwohl Munk selbst darunter litt, durchlebte er immer wieder Phasen, während der er Halt und Trost an Zahlen und Maßeinheiten zu finden suchte:

6.05 Uhr: 76 kg morgendliches Lebendgewicht, Hüftumfang 81,5 cm; 6.15 Uhr: 1 Scheibe Knäckebrot = 27 kcal, 0,9 g Eiweiß, 0,1 g Fett, 5,6 g Kohlenhydrate; 6.30 Uhr: Nikotin 0,7 mg, Kondensat 9 mg; 6.45 Uhr: 12 Grad Celsius Außentemperatur; 7.10 Uhr: 35 km/h auf dem Fahrradtachometer in Höhe des Kindergartens; 7.55 Uhr: Auszug Nr. 46, Alter Saldo: siehe Blatt 1, Neuer Saldo: siehe letztes Blatt; 8.00 Uhr bis 16.00 Uhr: Heimgang 2/94, Karteikästen 76 I, II, III und IV, 16.15 Uhr bis 16.50 Uhr: Waldlauf, Puls 153 Schläge pro Minute; 17.15 Uhr bis 18.00 Uhr: Einkauf, 3,72

DM unter dem durchschnittlich gestatteten Tageslimit, Eintragung ins Haushaltsbuch: Getränke 7,64 DM, Käse/ Quark 8,40 DM, Backwaren, Süßwaren, Haushaltwaren, Wochendurchschnitt, Monatsergebnis, Quersumme, disjunkte Teilmenge, gerade Zahl, Primzahl, echte Zahl, Kardinalzahl, Kardinalfrage, Kardinalfehler, hinreichend, notwendig, notdürftig, dürftig, --- STÖRUNG --- STÖRUNG --- ABBRUCH --- Es reicht!

Nein, ich habe meinen Auftrag nicht vergessen. Wie könnte ich? Ich soll dem Leben eines Mannes nachspüren, der hieß Josef Munk. Und nun, liebe Gemeinde, merke ich immer deutlicher, daß ich nicht bereit bin, ihn mit geübtem Griff zu packen und zwischen zwei brüderschaftliche Buchdeckel zu zwingen, bis er paßt. Soll er sich doch sperren an allen Ecken und Enden! Nein, nichts ist glatt an der Geschichte unseres Bruders.

Ich höre eine Raunen durch den Kirchsaal gehen. – Was, ihr Lieben, habt ihr eigentlich erwartet? Glaubt ihr wirklich, das übergroße Vertrauen, welches ihr in diesen geringsten unter euren Brüdern kurz vor seinem Ende gesetzt habt, war die Krone eines von Stetigkeit strotzenden Planes? Wolltet ihr heute sozusagen postum Munks Wahlkampfbeitrag zu hören bekommen, auf den ihr zu seinen Lebzeiten verzichten konntet?

Ihr müßt doch gute Gründe gehabt haben, ausgerechnet ihn, einen Dahergelaufenen, kaum, daß ihr ihn drei Jahre kanntet, mit großer Mehrheit in den Rat der Ältesten, in das geistliche Politbüro Herrlichs zu wählen. Besinnt euch darauf! Ich kann euch keinen roten Faden bieten, schon gar nicht unzerrissen oder frei von Wirrnissen.

Josef Munk war zu keinem Zeitpunkt seines Lebens leichtfertig. Ich sage dies in beschwörender Vorwegnahme. Nein, er war zutiefst gewissenhaft – auch oder gerade dann, wenn er dem Ruf seines Herzens folgte. Ob er allerdings ...

Wir entdeckten diese handschriftlichen Notizen unseres Bruders erst einige Wochen nach seinem Heimgang. Offensichtlich hat er darin versucht, persönliches Erleben, Zweifel und auch Schuld zu verarbeiten.

Daß er es für notwendig hielt, sich dafür eines fiktiven Erzählers zu bedienen, macht uns tief betroffen. Wieviel lieber er im Grunde persönlich zu und gewiß auch mit uns gesprochen hätte, verraten uns, gottlob, die zahlreichen perspektivischen Inkonsequenzen.

Weshalb er sich den Namen Josef Munk gab, wissen wir trotz intensivster Prüfung bis heute nicht.

Die Aussage, in der Brüderschaft würden systematisch Lebensläufe zensiert, weisen wir hiermit ausdrücklich als Erfindung zurück.

Die Ältesten im Januar 1995

1995

Wie Ludwig bekehrt werden sollte

Was meinen Freund Ludwig in Kindheit und Jugend dermaßen gebeutelt hatte, dass er trotz streng atheistischer Erziehung irgendwann sein Heil bei der Kirche suchte, konnte ich mir im Lauf der Jahre nur mühsam zusammenreimen. Mit seinen älteren Brüdern jedenfalls war es schlimmer gekommen: Der eine hatte dem Vater die konsequente Lieblosigkeit vergolten, indem er sich frühzeitig den Strick nahm, und der andere der Mutter ihre kaum verzeihliche Duldungsbereitschaft, indem er erst Tierquäler und später notorischer Frauenverschleißer wurde.

Darüber hinaus mochte auch das raue Klima an Bord des Hochseetrawlers, auf dem Ludwig in angestrebter Maximalferne vom Elternhaus seine Lehrausbildung absolvierte, dazu beigetragen haben, ihn empfänglich für eher liebesbetonte Heilsangebote zu drangsalieren. Denn ein reines Zuckerschlecken war es gewiss nicht, bei tobender See im Schichtbetrieb Fische zu filetieren und in der knapp bemessenen Freizeit Reinschiff und den Arsch für alle zu machen. Wohl kaum von Ungefähr gab er seine kargen Devisen in jeder Hafenstadt für Schallplatten mit extraharter Rockmusik aus.

Und vielleicht war es ja auch zu einem nicht zu unterschätzenden Teil der ihm teuer gewordene Vorzug, einen gewissen Prozentsatz des Gehaltes, respektive der Heuer, in frei konvertierbarer Währung ausgezahlt zu bekommen, der Ludwig nach dem Abschied von der See dazu bewog, bei einer kirchlichen Einrichtung seines Heimatlandes Unterschlupf zu suchen. Dort jedenfalls bekam er sofort eine Hilfsarbeiterstelle im Forst.

106

Ludwigs freundlicher Vorarbeiter hieß Hannes, eigentlich *Jo*hannes nach dem Täufer, und war über die Jahre eine so innige Verbindung mit dem Wald eingegangen, dass er ihm ähnelte. Deshalb wurden ihm bei den Laienspielen des Kindergartens immer wieder die Zwergenrollen angeboten. Diese lehnte er, wie Märchen überhaupt, aus religiösen Gründen jedoch konsequent ab, denn durch fleißiges Studium bibelergänzender Pamphlete wusste er, dass der Leibhaftige nahe sein musste, wo es nicht mit rechten Dingen zuging.

Weil Ludwig die Arbeit nicht nur erkannte sondern auch keineswegs scheute und darüber hinaus äußerst anstellig war, wurden der deutlich ältere Hannes und er binnen weniger Wochen das Dream-Team des Kirchenforstes. Ja, sie hätten, wenn sie für Vater Staat tätig gewesen wären, ihre Orden so gut wie sicher gehabt. Aber mit dergleichen konnte und wollte ihre Arbeitgeberin nicht dienen. Jedoch kein Klagen kam deshalb über beider Lippen, denn der Jüngere schuftete noch aus reiner Freude am Tätigsein, und dem Älteren genügte es, dass dem lieben Gott keiner seiner Schweißtropfen entging.

Zwar bedurfte es für Ludwig der Gewöhnung, seinen Vorgesetzten zur Frühstückszeit neben Brotbüchse und Thermosflasche im Moos oder Unterholz knien und beten zu sehen, aber es nötigte ihm gleichzeitig Respekt und Minuten des Nachdenkens ab, einen erwachsenen Mann allmorgendlich und bei jedwedem Wetter für so ziemlich alles, was das vorübergehende irdische Dasein vom Sonnenschein bis zur treuen Ehefrau zu bieten hatte, Dank sagen zu hören. Und da Hannes nicht ungeschickt war, hielt er sich mit der Einladung, doch einfach mitzumachen, zurück.

Als der allein in einem möblierten Zimmer wohnende Ludwig seinen zwanzigsten Geburtstag beging, lud er den fleißigen Beter und Waldmann als einzigen Gast zu sich ein. Und Johannes kam gern, zumal er nun endlich Gelegenheit hatte, eine erbauende Broschüre, die er seinem Eleven ohnehin dringend ans Herz legen wollte, auf vergleichsweise unverdächtige Weise zu übergeben. Auch führte er zu Ludwigs freudiger Überraschung eine Flasche selbst angesetzten Stachelbeerweines mit sich, die sie sofort gemeinsam auszutrinken begannen.

So hätte der Abend überaus harmonisch verlaufen können, wenn es Ludwig nicht irgendwann eingefallen wäre, eine seiner einst schwer erworbenen Platten aufzulegen. Zunächst ging alles gut, und auch Hannes wiegte den Kopf im Rhythmus der nicht minder als sein Wein berauschenden Musik. Als er jedoch das Cover der gerade erklingenden Scheibe zur Hand nahm, stieß er einen fast weibischen Schrei aus, denn er hatte auf der Plattenhülle ausgerechnet den Namen jener Gruppe lesen müssen, die ihm in seiner Sekundärliteratur zur Heiligen Schrift als die mit Abstand teuflischste benannt worden war.

Und schlagartig nüchtern wie bei seiner Ankunft riss er, der keinen Moment mit der Evakuierung ihrer beider Seelen warten konnte, schleunigst das Netzkabel des Plattenspielers aus der Steckdose und klärte den verdutzten, bis dahin völlig arglosen Weltumschiffer darüber auf, dass in der Musik eben dieser Band – wenn auch nur bei umgekehrter Drehrichtung des Plattentellers vernehmbar – Botschaften des Satans versteckt wären, die zu hören das Heil eines jeden Menschen, sei er nun Christ oder noch nicht, massiv gefährde, ja im schlimmsten Falle auf ewig vereitle.

Hannes' Frau sah man die zahlreichen Geburten nicht an, die sie in denkbar kurzen Abständen geleistet hatte. Als wäre ihr Körper zu nichts anderem als regelmäßiger Saat und Ernte geschaffen, nahm er stets bald nach den Entbindungen erneut seine beinahe mädchenhafte Gestalt an. Und da vor allem auch ihre Augen jung blieben, ließen die Fältchen darunter ihr Gesicht kaum älter wirken. Auf Ludwig aber, der von Hannes an einem Samstag zu sich eingeladen worden war, machte vor allem ihr heiteres Wesen starken Eindruck.

Gleich Hannes verlieh sie darüber hinaus ihrer Überzeugung, dass alle gute Gabe von Gott käme, mit einer Selbstverständlichkeit Ausdruck, die Ludwig schon wegen ihrer dabei an den Tag gelegten Anmut kaum kalt lassen konnte. Und mehr Verwirrendes noch geschah ihm durch sie: Derweil nämlich Hannes die vom gemeinsamen Rumtoben erschöpften Kinder ins Bett brachte, sagte dessen Ehefrau Ludwig im Schein einer Kerze auf den Kopf zu, dass auch er unsäglich geliebt werde, selbst wenn es ihm noch so schwer falle, sich von Gewohnheiten und Dingen zu trennen, die ihm nicht gut täten.

Von diesem ersten Besuch bei Hannes' Familie an, dem in immer kürzeren Abständen weitere folgten, fühlte Ludwig zwei miteinander korrespondierende Stacheln in sich. Es dauerte jedoch noch etliche Wochen, bis er in der Hoffnung, dadurch sein Begehren nach Hannes' lockender Frau zu zähmen, eigenhändig seine Plattensammlung zerstörte. Und dass er sich seine Lieblingsscheibe unmittelbar vor ihrer Vernichtung ein letztes Mal anhörte, bereitete ihm Qualen genug, um am nächsten Morgen neben Hannes zu knien und inbrünstig darum zu bitten, nie wieder in irgendeine Versuchung geführt zu werden.

Die neue Kettensäge, die Hannes und Ludwig bald darauf bekamen, ging durch das festeste Holz wie durch Butter, war sie doch wie Ludwigs einstige Platten in harter Währung bezahlt worden. Obwohl der Jüngere den Sägeschein noch nicht besaß, überließ ihm der Ältere bisweilen das kostbare Werkzeug und freute sich an dessen Geschicklichkeit. Und während das Heavy-Metal-Instrument in seinen Händen vibrierte, konnte Ludwig beinahe vergessen, wie sehr es ihn in Anbetracht der Leidenschaft, mit der des Freundes Frau ihm mehr denn je in seinen Träumen unterlag, inzwischen reute, seine Platten unbrauchbar gemacht zu haben.

Als die beiden Männer eines Tages in einem besonders abgelegenen Waldstück zu tun hatten und das Ende der Arbeitszeit sich näherte, sah Ludwig, dass Hannes im Begriff war, die devisenschwere Säge unter einem Reisighaufen zu verstecken, um sie auf dem Heimweg nicht mit sich schleppen zu müssen. Aus Sorge um das kaum wieder beschaffbare Gerät und vielleicht auch aus schlechtem Gewissen bot er sich an, es an Hannes' Stelle zu tragen. Doch der wiegelte nur ab und pochte auf beider unerschütterliches Gottvertrauen, das sich Ludwig auf gar keinen Fall absprechen zu lassen gedachte.

Und wie es wer auch immer wollte, war die Säge am nächsten Morgen verschwunden. Da musste Ludwig erleben, wie Hannes aus ein und demselben Glauben heraus, der ihm noch am Vortag zur Rechtfertigung seiner Bequemlichkeit gedient hatte, auf die Knie fiel, die Hände gen Himmel streckte und mit den Worten „Herr, Du siehst uns in unserer Not", ein nicht enden wollendes Gebet einleitete. Und dieses Beten befremdete meinen Freund so sehr, dass er auf der Stelle seinen

Rucksack griff, seinem Bekehrer vergeblich einen Vogel zu zeigen versuchte und kopfschüttelnd den Wald verließ.

Kinder aus G.

Wie vor einem halben Jahrhundert der Kameramann verguckten sowohl sie als auch er sich zuallererst in den blonden Jürgen. Der folgsame und doch gleichzeitig so lebendige Schulanfänger mit dem erwartungsfrohen Blick und dem unverstellten Mienenspiel tat es ihnen derartig an, dass sie entgegen ihrer Gewohnheit den ganzen Fernsehabend über kein Auge zutaten.

Sie hatten sich beinahe guten Gewissens die älteste Langzeitbeobachtung des internationalen Films bestellt: achtzehn DVDs mit cirka dreiundvierzig Stunden Gesamtlaufzeit, mehr als vier Jahrzehnte dokumentiertes Leben einer Handvoll Leute ihrer Generation von der Einschulung im Jahr 1961 an. Zwar lag der Preis des Paketes bei fast 100,- Euro, doch hätten sie noch ein halbes Jahr zuvor das Doppelte zahlen müssen.

Gleich beim ersten Anlauf sahen sie drei kurze Filme nacheinander. Sie zeigten Jürgen und die anderen zum Ende ihrer Kindergartenzeit, am Einschulungstag, während des ersten Schuljahres, als Pioniere, dann schon als Schüler der fünften Klasse, als talentierte Sänger und immer wieder auch daheim wie unterwegs in Dorf und Umgebung.

Am Morgen darauf ertappten sie einander dabei, dass sie Brechts Kinderhymne auf den Lippen trugen.

Obwohl sie neuerdings in der Lage waren, daheim ganz großes Kino zu veranstalten und dazu auch regelmäßig einluden, blieben sie bei der unaufwendigen Wiedergabe der Dokumentation über den Fernsehapparat. Die Formulierung „heimlich Osten gucken" geriet jedoch erst nach Jürgens feierlichem Gelöbnis, nach dem Film über

112

die nun schon Vierzehnjährigen und deren Jugendweihe in ihren häuslichen Sprachgebrauch.

Ab diesem Zeitpunkt konnten sie sich endgültig nicht mehr vorstellen, jemanden ihrer Filmabend-Freunde dabeizuhaben. Zu intim und entlarvend erschien ihnen ihre neue Leidenschaft. Ja selbst auch nur andeutungsweise davon zu erzählen, wagten sie nicht, schon gar nicht von dem Sog, in den sie geraten waren und davon, dass sie nun auch noch Ilona, Willy, Bernd und Brigitte liebten.

Als mit einem Streifen über die Prüfungen zum Abschluss der 10. Klasse und einem über ein Wiedersehen der nun etwa Zwanzigjährigen die Ära der Kurzfilme endete und die der abendfüllenden, teils mehrstündigen Filme beginnen konnte, beschlossen sie, Vorkehrungen zu treffen, um die ihnen bevorstehenden Zeitreisen möglichst nicht unterbrechen zu müssen. Da waren ihren Helden noch 465 DVD-Minuten bis zum Eintritt der Wende verblieben.

Aber weder der weiterhin fügsame Jürgen, inzwischen gelernter Maler und Tapezierer, noch Elektronikfacharbeiterin Ilona, auf einmal von Berufs wegen im Blauhemd, geschweige denn Landmaschinenschlosser Willy, Bernd im Petrolchemischen Kombinat Schwedt oder die junge Mutter Brigitte ahnten auch nur, was auf sie zukam. Das wussten nur sie auf ihrem Fernsehsofa, in ihrem auch mit Rotwein nicht zu lindernden schlechten Gewissen den Arglosen gegenüber.

Und so lebten ihre Filmfiguren noch fünf DVD-Abende lang in völliger Einfalt. Sie heirateten, feierten, setzten Kinder in die Welt. Sie freuten sich, wenn nach zähem Ringen die Größe der Wohnung in etwa der

Größe der Familie entsprach. Sie rackerten sich ab. Sie richteten sich ein.

Und Jürgen, mittlerweile ebenfalls Familienvater wie auch nimmermüder Scharwerker, musste mit 24 Jahren noch zur Armee.

„Der Schludrian ist unser größter Feind", hörten sie den *LPG*-Vorsitzenden Arthur K. am Ende seines positiven Rechenschaftsberichtes auf der Jahreshauptversammlung im Jahr 1983 mahnen. Und noch im selben Streifen – wenn auch einem anderen, propagandistisch sattelfesteren Kamerateam zu verdanken – gab es ein Wiedersehen mit Erich Honecker, der einer Partei- und Regierungsdelegation Koreas sein Vorzeigedorf präsentierte.

Der Vorspann des Streifens von 1992, des ersten nach der Vereinigung Deutschlands entstandenen Films der Dokumentation, verstimmte sie durch seine nicht enden wollende Aufzählung von Sponsoren. Besorgt warteten sie darauf, zu erfahren, wie es ihren Helden wohl inzwischen ergangen sein würde. Aber als viel bewegender sollten sich zunächst die zahlreichen, einst nicht verwendeten Filmminuten aus der Zeit vor 1990 herausstellen.

Jürgen, der bisher durch nichts zu entmutigende, sagte frustriert: „Wenn man pfuschen tut, dann stimmt det Geld" und strich eine Wand, die noch in seinem Beisein wieder eingerissen wurde. Ein Kreisfunktionär schwang eine Eröffnungsrede vor einer nach fünf Jahren Bauzeit endlich fertiggestellten kleinen Kaufhalle. Und Walter H., Melker und bekennender Protestant, erklärte schon 1984, dass seines Erachtens „hier was ganz mächtig schief" laufe.

Und was nicht noch alles zutage kam im Nachhinein: Der Genosse Kim Il Sung war in großem Stil getäuscht worden, denn er hatte gewähnt, ein ihm vor Jahren schon einmal vorgeführtes, seitdem enorm vorangekommenes Dorf wiederzusehen. Und der Mann von Jürgens Klassenkameradin Marieluise war zwar wirklich NVA-Offizier, aber nicht Pilot, wie einst behauptet, sondern hatte lediglich vor einer *MiG* posiert, um von seinem eigentlichen Einsatzgebiet abzulenken.

Und schon merkten sie auch den ersten Protagonisten an, dass sie sich nicht mehr lange filmen, befragen und vorführen lassen würden. Nun schämten sich nämlich manche unter ihnen ihrer Vergangenheit oder ihrer Gegenwart oder beidem. Erstmals blickten einige beim Sprechen an der Kamera vorbei, gab es lang anhaltendes Schweigen, geriet Lächeln schief. Bitter schmeckte ihnen an diesem Abend der Wein.

Aber dann endlich war der Film dran, bei dem es nur um Jürgen ging, um Jürgens Leben von 1961 bis 1994! Sie freuten sich so sehr darauf, dass sie bis zum Wochenende warteten, um die mehr als drei Stunden möglichst in einem Stück zu genießen. Und abermals nahm die junge Lehrerin seine Zuckertüte vom Baum, und abermals sah Jürgen im Unterricht einer Katze auf dem Fensterbrett zu, und abermals sang er: „Anmut sparet nicht noch Mühe“.

Jugendweihe – Lehre – Beruf – Heirat – Kinder – NVA – Arbeit – Hausbau – Nebenjobs – alles verlief wie gehabt. Jedoch plötzlich stand Jürgen da, ein sichtlich gealterter Jürgen, ABM-Kraft jetzt mit vager Aussicht auf Festanstellung, stand vor seinem noch längst nicht abgezahlten Haus, stand bei seinem Äckerchen voller prachtvoller Tomaten und begriff die Welt nicht mehr und machte seiner Verzweiflung Luft vor laufender Kamera: „Ick hab' 'ne andere Vorstellung gehabt. (...)

Wat sind denn die Holland-Tomaten, wat sind die denn? (...) Warum nehmen sie unsere nicht? Warum? (...) Soll ick det alles wegschmeißen, wat hier gedeiht? (...) Bloß die Menschen, die wollen doch wat haben, wa? (...) Ick hab' mir nur gebückt. (...) Bessere Zeit? (...) Jetzt werden wir hier verscheißert! (...) Und wenn ich meine Kinder rumloofen sehe, gesunde Kinder, da muss man doch ..."

Und die beiden auf dem Sofa wandten ihre Gesichter ab, als hätte Jürgen sie sehen können.

Winfried Junges Dokumentarfilmreihe „Die Kinde von Golzow" zählt zu den Meilensteinen der internationalen Filmgeschichte.

Weshalb meine Tante doch noch weinte.

Mein Onkel Gustav war in hohem Alter gestorben. Da ich seit Jahrzehnten nicht mehr meine Heimat besucht hatte, nahm ich seine Beerdigung zum Anlass dafür. Auch war ich gespannt auf das Wiedersehen mit meiner Tante und meinen drei Cousins.

Während meiner Kindheit fuhren meine Mutter und ich zwei- bis dreimal jährlich zu Onkel Gustav und seiner Familie. Und obwohl ihr Dörfchen nur wenige Kilometer von der Stadt meines Heranwachsens entfernt lag, erlebte ich jene Sonntagsausflüge stets als besondere Unternehmungen.

Ein Empfangskomitee gab es nie. Aber es roch schon im Flur nach dem zu erwartenden Mittagessen. Stets begrüßten wir zuerst die fleißige Hausfrau in der Küche, bevor wir die Wohnstube aufsuchten, in der es sich mein Onkel seit wer weiß wie lang gut gehen ließ.

Der ganze Mann, wie er da in Anzughose, weißem Hemd und breiten Hosenträgern auf dem Sofa saß, strotzte von Massigkeit und Kraft. Und diese Kraft schien sich sogar auf seine Stimme gelegt zu haben, denn sie klang gepresst, als würgten ihn die eigen Muskeln: „Setz dich doch, Schwägerin!"

Anstatt jedoch auf sein regelmäßig erneuertes Angebot einzugehen, zog meine errötende Mutter sich dann meist mit der Begründung, meiner Tante helfen zu wollen, zurück, während ich in der Stube blieb, deren kitschiges Inventar bestaunte und die Männergesellschaft genoss.

Meine heftig von mir beneideten Cousins stromerten um diese Zeit bereits irgendwo draußen herum. Aber da ich die guten Sachen trug sowie ordentlich gekämmt und gewaschen war, hatte ich mich vorerst drinnen aufzuhalten.

Und ich hütete mich tunlichst, über diese Weisung zu murren, denn darauf, den strengen Blick meiner Mutter zu provozieren, wollte ich es nicht ankommen lassen. Dagegen erschien mir die Senge, mit der mein Onkel seine Söhne von Zeit zu Zeit zu disziplinieren behauptete, als eine geradezu erstrebenswerte Zuwendungsform.

Sehnsüchtig also wartete ich auf die gemeinsame Mahlzeit und noch mehr auf deren Beendigung. Danach nämlich würde endlich auch ich das Haus bis zum Kaffeetrinken verlassen dürfen.

Ich fühlte mich während dieser wenigen Stunden mit meinen Vettern, als wäre ich ein zeitweiliges Bandenmitglied. Und einzig unserem Verwandtschaftsverhältnis war es wohl zu verdanken, dass die drei mich überhaupt mit sich ziehen ließen.

Offensichtlich bestand ihre grundsätzliche Erfahrung darin, Blödsinn über Blödsinn anstellen zu können, ohne dafür zur Verantwortung gezogen zu werden. Sie bauten also gewissermaßen auf ein statistisch gestütztes Erfolgsmodell, indem sie sich zu meiner Faszination Regel auf Regel brechend durch den Ort bewegten.

Und der lud wirklich sehr dazu ein, als Kulisse für Bubenstücke verstanden zu werden. Denn natürlich schrie ein Gewächshaus danach, seine Steinschleudern daran auszuprobieren, forderte ein Kasten leerer Brauseflaschen vor der Kneipe dazu auf, sich beim Wirt Pfandgeld für einige davon zu holen, und lag es näher, in das erstbeste Behältnis zu pinkeln als einfach nur an eine Hauswand.

Inzwischen durch einige Gläser Likör entspannt, empfing mich meine Mutter am reich gedeckten Kaffeetisch fast ohne Argwohn und nahm auch mein oft etwas verändertes Erscheinungsbild beinahe lächelnd zur Kenntnis.

So hätte es meinetwegen Sonntag für Sonntag gehen können. Jedoch weil wir während meines vierzehnten Lebensjahres verzogen, endeten selbst diese seltenen Besuche, und ich sah zumindest meine Cousins seitdem zu keiner Gelegenheit wieder.

Wenngleich ich darauf eingestellt war, zur Beerdigung meines Onkels nicht die Burschen von einst zu treffen, überraschte mich doch der Anblick der drei korrekt frisierten, grauhaarigen Krawattenträger mit ihren Frauen und erwachsenen Sprösslingen.

Und als dann meine Cousins nach dem Herablassen des Sarges auch noch einer nach dem anderen hemmungslos losschluchzten, war ich nicht minder irritiert, denn als Kinder hatte ich sie niemals weinen sehen.

Lediglich meine Tante verhielt sich meiner Erwartung gemäß, indem sie mit der Nüchternheit einer Angestellten, die den Verstorbenen mehr als ein halbes Jahrhundert lang von hinten und vorn bedient hatte, an die Grube trat.

Nicht eine Träne sah ich über ihre zerfurchten Wangen fließen. Und als sie die ganze Gesellschaft zum Leichenschmaus in den Gasthof bat, klang diese Einladung nicht anders als früher sonntags an die Mittagstafel.

Nachdem sich alle ausgiebig gestärkt hatten, dauerte es nicht mehr lange, bis die ersten Schnapsflaschen auf die Tische gerieten. Und ganz langsam begann ich endlich, meine Vettern wiederzuerkennen.

Sie schienen Rührung und Schmerz bald gänzlich überwunden zu haben und waren dazu übergegangen, mit wachsender Begeisterung und Lautstärke davon zu erzählen, wofür sie einst Senge von dem Verstorbenen bezogen hatten und vor allem wofür nicht.

Das Dörfchen der Kindheit erstand von Neuem. Und mit jedem Pflasterstein, jedem Gebäude, jedem Baum und Strauch ließ sich offenbar eine Episode, eine Erinnerung von Rang verbinden, die es rechtfertigte, ja, geradezu notwendig machte, auf meinen Onkel anzustoßen.

Da beschloss auch ich, endlich meinen Beitrag zur allgemeinen Erheiterung zu leisten. Zwar vermochte ich nicht, mit so vielen Missetaten wie meine Vettern aufzuwarten, jedoch besann ich mich wenigstens auf eine:

Also berichtete ich davon, dass ich einst als kleines Kind meine Mutter auf unseren Balkon im vierten Stock aussperrte, wo sie dann eine Ewigkeit hilflos stand und auf verschiedenste Weise erfolglos Einlass von mir begehrte.

Genüsslich schilderte ich, wie sie bat und drohte, wie sie jammerte und Belohnungen in Aussicht stellte, wie sie am Türrahmen ruckelte und mit den Fäusten gegen die Scheiben trommelte – vergebens, alles vergebens – bis ihr endlich jene magischen, sie auf der Stelle rettenden Worte einfielen.

Dass es sich gleichsam am Zauberworte handelte, schmückte ich aus, um Worte, von denen sie aus der Erfahrung der Wochen und Monate zuvor wusste, dass ich bei ihrem Erklingen sofort die Balkontür öffnen und nach draußen stürzen würde, sozusagen um regelrechte Sesam-öffne-dich-Worte.

Darauf ergänzte ich noch, wie merkwürdig unstet mir der Blick meiner Mutter immer erschien, wenn ihr jener

Satz über die Lippen kam, und wie erfreulich glühend ihr Gesicht dabei wurde.

„Und was hat sie denn nun gesagt?", rief mein ältester Cousin voller Ungeduld. Und andere schlossen sich seinem Drängen an, ja die ganze Gaststube hing endlich an meinem Mund.

„Nun", entgegnete ich, und kostete den Moment sehr aus, „nun, meine Mutter drückt also die Stirn an die Scheibe, damit ich sie auch wirklich höre, weist mit der Hand Richtung Straße und ruft: ,Onkel Gustav kommt!'"

Malte

Lange ahnte Malte Himmstedt nur wenig von den Fallstricken des Lebens, denn seine Eltern, der Kunstmaler Ludger Himmstedt und dessen Frau, hatten sich um seine körperliche wie seelische Unversehrtheit überaus verdient gemacht. Von seiner Mutter weit über die gängige Zeit hinaus gestillt und mit selbst gefertigten Textilien gekleidet, umgeben von den künstlerischen Versuchen seines Vaters, ferngehalten von Krippe und Kindergarten, behütet vor dem Sog der Fernsehbildröhre, gefüttert mit klassischer Musik und in den Schlaf gelullt mit den Märchen der Besten, war der Knabe herangewachsen wie im Paradies, um dann doch schulpflichtig zu werden wie jedes andere Kind.

Maltes für bildende Kunst brennende Klassenlehrerin schätzte sich glücklich, den Sprössling eines so renommierten Mannes, dessen Gemälde sogar die Foyers einiger öffentlicher Gebäude zierten, unter ihre Fittiche zu bekommen. Deshalb schützte sie den Jungen vom ersten Tag des Lebensernstes an, so gut sie konnte. Und eines besonderen Schutzes schien er durchaus zu bedürfen, denn einen derart Anstoß erregenden Jungen wie Malte Himmstedt hatten die übrigen Kinder der Klasse ihr Lebtag noch nicht zu Gesicht bekommen. Dass er in seiner außergewöhnlichen Kleidung ausgesprochen anders aussah als sie, ließ sich zur Not noch hinnehmen, dass er jedoch auch vollkommen anders reagierte und zu denken schien kaum.

Denn während die meisten seiner Klassenkameradinnen und Klassenkameraden bereits nach den ersten Unterrichtswochen in ihrer Aufmerksamkeit für den Schulstoff und dem Bestreben, musterhafte ABC-Schützen zu sein, nachließen, blieb Maltes Interesse am Wissenserwerb ungebrochen, und seine Empathie für die engagierte Lehrerin stieg mit jedem ihrer enttäuschten Blicke, jeder ihrer Bemühungen, die Kinder zu begeistern. Einmal nur im Verlaufe eines ganzen Schulhalbjahres war er selbst von ihr ermahnt worden, wegen einer Kleinigkeit lediglich. Da hatte er sich um der Wiederherstellung seines Seelenfriedens willen zu Beginn der darauffolgenden Stunde gemeldet und die zutiefst gerührte Pädagogin vor allen um Entschuldigung gebeten.

Dennoch verhielt es sich keineswegs so, dass Malte sein Exotentum genoss und sich von den anderen fernzuhalten versuchte. Nein, er unternahm immer wieder Anstrengungen, sich zu den Grüppchen zu gesellen, die sich in den Pausen im Klassenzimmer oder auf dem Schulhof bildeten, obwohl er schon das leiseste Stöhnen bei seiner Annäherung, das geringste Brauenheben als einen Stoß vor die Brust wahrnahm. Aber selbst wenn es ihm gelang, bei einer Gruppe stehen zu bleiben, und deren Wortgeplätscher nicht sofort erstarb, konnte er meist nicht mitreden, denn die Gespräche drehten sich fast immer um Ereignisse, von denen er nie gehört hatte, und Helden, die er nicht kannte. Dafür begann er zu seinem heimlichen Kummer, den Verantwortlichen für seine Erziehung mehr und mehr zu grollen.

Nun aber, an einem Dienstagnachmittag in den Winterferien, dem Faschingsdienstag, betrat Malte Himmstedt mit der festen Zuversicht das Schulgebäude, in wenigen Minuten endlich voll und ganz zu seiner Klasse zu gehören, weil er sich gemeinsam mit seinen Eltern eifrig auf die bevorstehende Feier vorbereitet hatte. Allerdings kam er etwas zu spät, denn das Anlegen seines Kostüms und das Auftragen der Schminke war mit einem unerwartet hohen Zeitaufwand verbunden gewesen. Doch der schien sich gelohnt zu haben, denn bereits auf seinem Weg durch die Stadt, den er wegen seiner Verkleidung nur in trippelnden Schritten bewältigen konnte, drangen ihm Rufe der Bewunderung und der Erheiterung in die von Vorfreude geröteten Ohren.

Ein Getöse aus Lachen, Anfeuerungsrufen und Musik empfing ihn beim vorsichtigen Öffnen der Klassenraumtür. Es tobte gerade ein Riegenwettkampf, bei dem es darum ging, mit Hilfe von Schneeschaufeln bunte Luftballons um Kegel am anderen Ende des Zimmers und zurück zur Ausgangslinie zu befördern. Eine Prinzessin, ein Cowboy und ein Indianer bemühten sich darum, einander den Rang abzulaufen. Und kaum hatten sie die Ballons ins Ziel gebracht, stürzte ein nächster Cowboy oder Indianer, stürzte eine nächste Prinzessin los, um das Bestmögliche für die Gruppe herauszuholen. Da war Malte sogar ein wenig erleichtert über seine Verspätung, weil er seiner Mannschaft in diesem Aufzug keinen guten Dienst hätte erweisen können.

Als die Faschingsgesellschaft wieder auf den Stühlen entlang der Klassenzimmerwände saß, um den nächsten Höhepunkt abzuwarten, entschloss sich Malte endlich, den Raum zu betreten. Und nun sahen die rüschenverzierten Mädchen und schwer bewaffneten Jungen eine Gestalt hereinkommen, die in Schlichtheit und Wehrlosigkeit ihresgleichen suchte: Schaukelnd begab sich ein flacher, hochkant stehender, an der Vorderseite mit zwei parallelen Reihen verschiedenfarbiger Kreisflächen versehener Quader in ihre Mitte. Aus einer Öffnung in dessen Frontseite blickte ein angemaltes Gesicht. Aus seinen Seitenflächen ragten zwei um ein Drittel verkürzte Arme. Und ein Paar um drei Viertel gekürzte Beine bewegte all das. Es handelte sich um einen überdimensionalen Tuschkasten, dessen Träger nun lächelnd und mit rasendem Herzen auf Anerkennung wartete.

Aber die erhoffte Wertschätzung blieb aus. Getrennter denn je war Malte durch seine Kostümierung von den anderen und erntete darüber hinaus schmerzendes Gelächter. Mehr noch: Durch Form und Maße seines Kostüms wurde er behindert in der Teilnahme an den weiteren Vergnügungen des Nachmittages. Da er mit den Händen nicht bis zum Mund gelangte, musste er durch die Lehrerin mit Kinderbowle und Pfannkuchen gefüttert werden. Wegen seiner Stummelarme war es ausgeschlossen für ihn, sich an der Polonaise zu beteiligen. Zum Trippeln auf der Stelle mochten seine begrenzten Schritte noch einigermaßen angehen, jedoch keineswegs für gemeinsame Tänze oder gar Wendigkeit und Tempo verlangende Spiele. Ja nicht einmal hinsetzen konnte er sich.

Da griff eine große Verzweiflung in Malte Himmstedt Raum und in deren Gefolge ohnmächtige Wut – Wut auf seine Eltern, Wut auf seine Lehrerin. Und weil er nicht gelernt hatte, wie er diesem Gefühl hätte Ausdruck verleihen können, rann es als eine heiße Flüssigkeit zuerst in das Innere der Pappverkleidung um seinen Leib und dann seine Beine hinab auf den konfettiübersäten Fußboden des Klassenzimmers.

III

Hindernislauf

Die Tanten hatten einen Parcours ersonnen, der mich erschaudern ließ. Er bestand aus mindestens einem Dutzend Hindernissen und erstreckte sich durch die ganze Halle. Anscheinend war es ihnen ein Anliegen, sämtliche verfügbaren geschicklichkeitsschulenden Elemente darin unterzubringen.

Schon bei der ersten Hürde, einer mehr liegenden als stehenden Leiter, über die es freihändig einen hohen Kasten zu erklimmen galt, sah ich mich kläglich versagen, sah mich mit rudernden Armen um Gleichgewicht ringen, vergeblich Halt suchen in der Turnbeutelluft und schließlich mit meinen Beinen zwischen die gut polierten, runden Leitersprossen rutschen, um von da an verzweifelt und mit schwindender Kraft darum zu kämpfen, mir nicht die Hoden zu quetschen.

Und selbst wenn es mir wunderbarerweise oder dank in letzter Sekunde gnädig gewährter Hilfeleistung gelungen wäre, das lederbezogene Plateau unbeschadet zu erreichen, hätte mich dieser Teilerfolg doch nur in die Verlegenheit gebracht, vor der nächsten Herausforderung, dem langen Balken, zu zittern, über den nun balanciert werden musste, um zu einem noch höheren Kasten zu gelangen, den ich wiederum nur mit einem todesverachtenden Sprung hinter mich bringen konnte. Und so weiter, und so fort.

Belächelt und verspottet von den Zuschauenden sah ich mich, bedrängt und beschimpft von Gewandteren, Schnelleren, die nichts von plötzlicher Stuhlerweichung wussten und durch meine Angst und Ungeschicklichkeit gehindert wurden in ihrem eifrigen Vorwärtsdrängen, das den Tanten eine Lust, ein Beweis für die Qualität ihrer Arbeit war, während ich den Pädagoginnen nichts als Verdruss und Misserfolg bereitete.

Die beiden Frauen waren zurechtgemacht, als wollten sie in einer Castingshow vortanzen. Die Jüngere, Zierlichere trug hauteng, dunkle Pantalons, die zwei Drittel ihrer Waden unbedeckt ließen und die Wohlgeformtheit und zu vermutende Festigkeit ihres Hinterns wirkungsvoll betonten, sowie ein nicht minder eng anliegendes rotes T-Shirt, das ihre mandarinenkleinen Brüste fabelhaft zur Geltung brachte und auf Grund seiner Kürze versprach, bei der geringsten Streckbewegung ihren Bauch und unteren Rücken zu entblößen. Sogar etwas Rouge und Lippenstift hatte sie aufgelegt. Der Älteren, Üppigeren war es gelungen, ihr ausladendes Gesäß und ihre gepolsterten Schenkel geschickt durch weich fallendes, marineblaues Baumwollgewebe zu kaschieren, wohingegen sie ihren großen Busen im weiten Ausschnitt ihres Sportdresses selbstbewusst zur Schau trug, wie auch ihr unter einen Reif gezwängtes, volles Haar Vitalität bezeugte und zur Befreiung einlud.

Sollen sie ihre Bahn doch mal selbst ausprobieren, dachte ich und stellte mir vor, wie diejenige, an deren Hand ich gern den Weg vom Kindergarten bis zur Sportstätte gegangen wäre, über den Schwebebalken trippelte, auf halbem Wege die Balance verlor, einen kleinen Aufschrei ausstoßend absprang und mit flammendem Gesicht und nachwippenden Brüstchen direkt vor mir zum Stehen kam, nein, sogar Halt suchte an meinen Schultern, wogegen ich mir von der anderen, die den ganzen Marsch über Kommandos erteilt hatte, erträumte, sie bliebe ächzend auf dem Scheitelpunkt der frei im Raum

130

stehenden Sprossenwand, der siebten Schikane, hängen, auf dass ich an ihr ungehindert begaffen und befingern konnte, was immer ich mochte, bis ich mich vielleicht dazu entschloss, ihr mit einem abschließenden festen Griff ins Weiche herunterzuhelfen.

Der Junge, über dessen schulischen Werdegang ich befinden sollte, betrat als Letzter die Halle. Offensichtlich wusste er, dass es um ihn ging, denn während die anderen Kinder mich neugierig gemustert und sogar gefragt hatten, wer ich denn sei, als ich zu ihnen gestoßen war, hatte ausgerechnet er getan, als wäre er vollkommen unberührt von meiner Anwesenheit. Und auch jetzt versuchte er, sich nicht anmerken zu lassen, dass er meine beobachtenden Augen spürte, indem er sich darauf verlegte, seine Altersgenossen bei der noch ungelenkten Eroberung des Terrains rund um den Parcours nachzuahmen, was ihm jedoch kaum gelang: Sein Rennen war ein Stolpern, sein Hüpfen ein beständiger Anlauf ohne Absprung, sein Drehen eine Korkenziehergebärde und sein Stehenbleiben ein einziges Schwanken. Alles, was es anzuschauen und einzuschätzen gab, hatte ich bereits registriert vor dem ersten Trillerpfiff, der, ausgesandt von der Zierlichen, deren Bauchnabel während des langen Tones neugierig hervorlugte, den wilden Haufen binnen Sekunden in eine Linie zu einem Glied verwandelte.

Da standen sie, die ABC-Schützen von Morgen, standen der Größe nach aufgereiht in den Startlöchern für den Ernst des Lebens, der doch in Wirklichkeit längst begonnen hatte, standen erwartungsvoll in den kleinen Turnhosen und -hemden, die ihre Eltern für sie ausgesucht und gekauft hatten, standen da und lechzten nach den Kommandos zweier von Befugtheit strotzender

Erzieherinnen, die ihrerseits darauf aus waren, ihrer Profession Ehre und es mir in jeder Hinsicht recht zu machen, ausgerechnet mir.

Auf den zweiten Blick erst sah ich, dass die herbeigepfiffene Linie doch nicht so perfekt gelungen war, denn mein Schützling hatte sich einen Platz in der Reihe gesichert, der keineswegs seiner Körperhöhe entsprach – ein Fehler, den nun auch die Üppige bemerkte, worauf sie sich dazu veranlasst fühlte, mit rollenden Augen an mich, der ich mittlerweile auf einer Langbank an der Wand saß, heranzutreten, sich tief herunterzubeugen und mir ins Ohr zu hauchen, dass hier etwas sehr Typisches zu beobachten sei, währenddessen das Mandarinenfräulein durch stummes Verschieben der Hauptperson von den kleineren zu den größeren Kindern für Nachbesserung der Antrittsordnung sorgte.

Warum muss er zu allem Unglück auch noch Anselm heißen?, ging es mir durch den Kopf, Anselm, Drossel, Fink und Star ... Und als ich sah, dass die beiden Jungs, zwischen die er mit seinen spilligen Beinchen gestellt worden war, tarnfarbene Sportkleidung trugen und dreinblickten, als warteten sie auf nichts sehnlicher, als darauf, endlich Schulter an Schulter in den Einsatz geschickt zu werden, weshalb sie einen wie ihn so wenig neben sich gebrauchen konnten wie ein Friedensangebot, packte mich ein Selbstmitleid, wie ich es seit Jahrzehnten nicht mehr gespürt hatte.

Es folgte die Erwärmung, die, als wären halbwegs übliche menschliche Fortbewegungsarten nicht geeignet genug gewesen, mir Anselms Defizite zu demonstrieren, aus einer Aneinanderreihung nachzuahmender Extremgangarten bestand, welche höchstpersönlich vorzuführen die Tanten sich nicht nehmen ließen. So sah ich nacheinander Häschen, hüpf! mit Körbchengröße D – den Krebsgang mit hoch emporgestrecktem, gekerbtem Schamhügel – eine imposante Windmühle, unter deren Flügeln glänzendes Achselhaar wucherte – einen hüftentblößenden, mandarinchenerschütternden Hopserlauf und zuletzt eine Kopulation, die sich Schubkarre nannte. Erwartungsgemäß vermochte Anselm, der sich redlich mühte, nichts von alledem auch nur einigermaßen richtig nachzumachen.

Aber war er bisher wenigstens nicht Gefahr gelaufen, sich nennenswerte körperliche Verletzungen zuzufügen, musste doch die Hindernisstrecke eine geradezu gesundheitsgefährdende Anforderung für ihn darstellen. Und lediglich meine Geilheit wie auch die Tatsache, dass die Kindergärtnerinnen die Überwindung des Parcours anscheinend nicht unter zeitlichem Druck geschehen lassen wollten, hinderten mich daran, die Freistellung des Jungen von dieser Übungsfolge zu erbitten.

Sie ließen ihn als Letzten starten. Auf allen Vieren, mit zitternden Fußspitzen Leitersprosse um Leitersprosse ertastend erklomm er schneckenlangsam den Kasten. Bis er sich oben aufgerichtet hatte, um endlich zu stehen, dazustehen wie ein Schilfrohr im Wind, verging abermals eine Ewigkeit. Dann entschloss er sich tatsächlich, den Schwebebalken zu betreten.

Mittlerweile waren alle anderen Kinder zum Ausgangspunkt zurückgekehrt. Die Finger vor ihre gespitzten Lippen legend, sorgte die Zierliche für Ruhe und gesteigerte Aufmerksamkeit, indes die andere sich in Balkennähe aufhielt. Anselm, dem es trotz mehrerer Versuche nicht gelungen war, die ihm zugemutete, kaum handbreite

Brücke freihändig anzugehen, rutschte jetzt Stück um Stück auf den Knien vorwärts. Ich gewann nicht den Eindruck, dass ihm irgendwann ein Abbruch der Übung gewährt werden sollte.

Nach einem Drittel des Balkens war er kurz davor abzustürzen. Spontan wollte ich ihm zu Hilfe eilen, aber die Üppige trat mir wie zufällig in den Weg, provozierte dabei eine Berührung meines Armes mit ihrem Vorbau und gab ihrer Partnerin ein Zeichen, worauf diese begann, die Kinder zu einem Sprechchor, den sie seiner Perfektion nach offenbar nicht zum ersten Mal aufführten, anzustacheln, einem Gemisch aus Spottlied und Anfeuerungsruf, das binnen weniger Sekunden von den Wänden widerhallte und Anselm weiter, immer weiter zwang.

Angewidert, fasziniert, erregt und eingeschüchtert zugleich kauerte ich auf meinem Beobachtungsposten und tat, als vervollständigte ich meine Notizen, bis der Junge tatsächlich die Plattform erreichte, der Chor verebbte und die Tanten einander ein triumphierendes Lächeln zuwarfen, das ich nur ertragen konnte, indem ich mir ausmalte, es ihnen auf Teufel komm 'raus mit einer Gymnastikkeule zu besorgen.

Sieglinde

Sieglinde hatte ihre Tätigkeit als Lehrerin bereits zu jener Zeit begonnen, da ihr Berufsstand noch hohes Ansehen im Lande genoss.

Jedoch währte diese Periode für sie lediglich sieben Jahre, während die darauf folgende schon siebzehn andauerte, als sie wegen eines aufsehenerregenden Zwischenfalles ergriffen und nervenärztlich versorgt werden musste: Sie hatte einem jungen, mit seinem Kinderwagen zwischen den Kleiderständern eines Textildiscounters lustwandelnden Paar nach einem Blick auf und in dessen Babygefährt mit jähem Zorn entgegengeschrien: „Ich will euer Arschloch nicht in meiner Klasse sehen!".

Nun verhielt es sich zu jener Zeit beileibe nicht mehr so, dass das Wort Arschloch zu den heftigeren Schimpfworten zählte. Da waren längst andere gang und gäbe. Jedoch empörte es die in der Einkaufsmeile nach Schnäppchen kramenden Zeugungsfähigen zutiefst, dass eine solche „kopfamputiert gehörende Trockenfotze" es fertigbrachte, sich auf derart ordinäre Weise über einen unschuldigen Säugling auszulassen.

Gleich dutzende Mobiltelefone wurden deshalb gezückt, zumal Sieglinde unmittelbar nach der Kindes- und Elternbeleidigung damit begonnen hatte, die ihr nächsthängenden Shirts und Pullover mit einem Dauerschrei von den Bügeln zu fetzen.

Alsbald fanden sich daraufhin etliche Einsatzkräfte am Ort des Geschehens ein und verliehen dem Vorfall Kraft ihrer Signalhörner ein Gewicht, das sogar zu einer Schlagzeile in der Lokalpresse führte.

Es war schon viel Wahres an der fetten Überschrift *Unbelehrbare Altpädagogin macht Baby Angst!*. Jedoch bekam sie Sieglinde erst einmal gar nicht zu lesen, weil sie sich in der Obhut wohlwollender Fachleute befand.

Die versuchten zu ergründen, wodurch es zu ihrem aggressiven Schub gekommen sein konnte und wie dergleichen in Zukunft zu verhindern sein würde. Aber da Sieglinde unter dem Einfluss der ihr verabreichten Sedativa über so wenig Kooperationsbereitschaft verfügte wie ihre Schüler nach dem Wochenende, ließ sich ihr zunächst keine verwertbare Äußerung entlocken.

Erst als die Zeitung in Ermangelung wichtigerer Neuigkeiten einen weiteren Beitrag über den Vorfall brachte, wobei sie mit einem halbseitigen Farbfoto der geschmähten Jungfamilie auftrumpfte, glaubte Sieglindes der Konfrontationstherapie anhängender Arzt eine Ansatzmöglichkeit gefunden zu haben. Mit den Worten, „Was haben Ihnen diese netten, jungen Leute eigentlich getan?", hielt er ihr das Bild unter die Nase, worauf Sieglinde erneut einen lehrbuchmäßigen Zorn bekam, der sich jedoch diesmal gegen ihren Seelenklempner richtete.

Denn dem frisch ausgebildeten Spezialisten, der dankbar die Hilfe zweier schleunigst herzuspringender Pfleger in Anspruch nahm, schien weder aufgefallen zu sein, dass der Stoff des Kinderwagens auf dem Bild das Tarnmuster eines Panzers trug, noch dass auf dem Mützchen des im runenreich tätowierten Arm des Vaters liegenden Babys in großen Lettern die Worte *BORN TO KILL* standen, geschweige denn, was quer über den prallen Brüsten der Kindsmutter zu entziffern war.

Und möglicherweise hätte er noch lange gebraucht, die Ursache von Sieglindes Ausbruch herauszufinden, wenn

136

ihm aus deren Schwitzkastenschreien nicht das ihm bis dahin unbekannte Wort „Textilverdummung" ins Bewusstsein gedrungen wäre.

Dank dieses Hinweises nämlich stellten seine gut bezahlten Synapsen doch noch die richtigen Verbindungen her, und er erfuhr im Verlauf mehrerer Sitzungen sowie durch Recherchen in Sieglindes beruflichem Umfeld, dass sie schon seit Längerem Probleme damit hatte, die in Mode gekommenen Mitteilungen auf Kleidungstücken einfach so locker zu nehmen, wie sie gemeint waren.

Schlimmer noch: Nicht in der Lage, es schmunzelnd zu akzeptieren, wenn ihr gegenüber hinter den Schulbänken auf schwammigen oder klapperdürren Oberkörpern Worte wie *Alles außer Lernen!*, *Ich war's nicht!*, *More action!* oder *Little bitch* zu lesen standen, hatte sie es fertiggebracht, Eltern dazu aufzufordern, ihre Kinder bitte mit botschaftsfreien Kleidungsstücken in die Schule zu schicken, worauf eine Welle der Empörung losgerollt war, die Sieglinde nach einigen Zwischenstationen bis vor den Schreibtisch des Leiters der Bildungsagentur gespült hatte.

Und ihr vor dem Zwischenfall am Kinderwagen letzter Versuch, Gehör zu finden, indem sie zu einer Elternversammlung ein selbst veredeltes T-Shirt mit der Aufschrift *Alles außer Erziehen!* anzog, scheiterte nicht minder kläglich. Ihre textile Botschaft kam gegen die Mitteilungen auf den Leibern einiger Eltern so wenig an, wie ein Zwitschern gegen ein Gebrüll: *Ich bin dick. Du bist hässlich. Ich kann abnehmen. Was kannst du?*, *Ficken*, *Kiss my ass!*

Ich traf Sieglinde während einer Gruppentherapie im Fachkrankenhaus. Sie blickte recht zuversichtlich drein.

Aber vielleicht ließ ich mich auch durch den an ihrer Stirn klebenden Zettel täuschen, auf dem die Behauptung *ALLES OKAY!* zu bestaunen war.

Geprobte Audienz

Beim langsamen Ausbrennen mussten eines Tages auch die Bremsen in unseren Köpfen in Mitleidenschaft gezogen worden sein. Die oft schon erwogene Abordnung war schnell zusammengestellt: Außer Julia und mir, die wir abwechselnd den Kleinbus steuern wollten, sollten Danilo, Tina, Norbert, Aaron, Denise, Enno und Ricarda mitkommen. Es fielen zwar noch etliche andere Namen, jedoch gab es nicht mehr Sitzplätze, und mit öffentlichen Verkehrsmitteln zu reisen, wäre ein zu hohes Risiko gewesen.

Abgesehen davon, dass die meisten gern vorn bei mir oder neben Julia und einige auf gar keinen oder aber jeden Fall nebeneinandersitzen wollten beziehungsweise sollten, verlief das Einsteigen ohne nennenswerte Zwischenfälle. Fast schien es, als hätten alle beschlossen, die persönlichen Interessen um des gemeinsamen Anliegens willen vorübergehend hintanzustellen. Sogar die von mir eingelegte Musikkassette wurde ohne Murren akzeptiert.

Als wir endlich die Autobahn erreichten, gehörte das laute Mitsingen bereits der Vergangenheit an. Auch brauchte ich „Schön ist es, auf der Welt zu sein" kein weiteres Mal zu suchen. Danilo und Enno, die beiden Ältesten, hatten sich an Julia gekuschelt, Denise schien eingeschlafen zu sein. Aaron, der Jüngste, plapperte vor sich hin. Die siebzehnjährige Ricarda starrte mit triefendem Mund aus dem Fenster. Und des neunjährigen Norberts sonst so schwer zu bindende Aufmerksamkeit war seit Minuten auf die gleichaltrige Tina gerichtet.

Weil ich diesen Frieden nicht stören wollte und wusste, dass die Inkontinenten unserer Busbesatzung halbwegs verlässliche Windeln trugen, verzichtete ich trotz meiner eigenen Bedürfnislage darauf, unterwegs haltzumachen. Um mich abzulenken, formulierte ich in Gedanken eine Erklärung für unsere Aktion, deren einleitender Satz besagte, dass der Vorwurf, einem anbefohlene Menschen zu instrumentalisieren, nicht greifen könne, wenn diese Menschen dazu benutzt würden, ihre eigenen Verhältnisse zu verbessern.

Dank unseres Aufklebers fanden wir einen Parkplatz in der Nähe des Ministeriums, und ich sah uns schon als imposante Delegation an der Pförtnerloge vorbeimarschieren. Jedoch verbrachten wir etliche Minuten damit, Enno aus dem Auto zu locken, dessen Körpergewicht, pathologische Kraft und Schwerhörigkeit unsere ganze Kreativität forderten. Währenddessen hatte Norbert bereits einige Mercedessterne auf ihre Befestigung hin überprüft, Aaron war nur durch Tinas Umsicht daran gehindert worden, bei Rot über die Straße zu flitzen, und die halbwüchsige Denise hatte sämtlichen Leuten im näheren Umkreis mit schaukelndem Röckchen ihre persönlichen Daten mitgeteilt.

Julia nahm Enno und Aaron fest an die Hand, ich Ricarda und Norbert. Danilo, Denise und Tina mussten wir zutrauen, beim Überqueren der Fahrbahn auf sich selbst aufzupassen. Bevor wir losgingen, wollte ich Ricarda aus Gewohnheit ersuchen, sich das Kinn abzuwischen, entschied mich aber anders. Als wir schon fast auf der anderen Seite waren, rief Norbert: „Verfickte, Mutter leckende Tina!" Worauf die Beleidigte auf ihn zustürzte und ihn trotz meiner und Julias Gegenwart ausgiebig mit Fußtritten und Faustschlägen attackierte.

Bei Ricarda hatte unterdessen das ruckartige Herum-
reißen des Kopfes, ein uns sattsam bekanntes Vorspiel,
eingesetzt, dessen unangenehmer Nebeneffekt darin
bestand, dass die Sekrete aus ihrer Nase und ihrem
Mund meterweit geschleudert wurden. Noch bevor die
weißbebluste Dame am Einlass unsere Ausweise verlangen
konnte, klebten zwei lange Streifen Rotz an der Scheibe,
hinter der sie verschanzt war. Mit dem ehrlich gemeinten,
durch die Sprechluke gesäuselten Kompliment, „Sie
haben aber ein schönes Hemd an", leistete Danilo den
nächsten Beitrag zu unserer Identifizierung.

Aber die Staatsbedienstete bestand nicht nur darauf,
unsere Dokumente zu sehen, sondern wollte auch wissen,
mit wem wir verabredet wären. Während ich, wofür ich
Ricarda und Norbert loslassen musste, nach meinem
Personalausweis kramte, trällerte Denise wieder und
wieder: „Ich bin die Denise Schulze, ich bin elf Jahre alt,
ich wohne in der Bergstraße", wobei sie sich unermüdlich
vor der spiegelnden Pförtnerloge drehte und wendete.
Die weniger duldsame Tina jedoch trommelte plötzlich
mit den Fäusten gegen das Sicherheitsglas und forderte
mit der Stimme eines Marktweibes: „Hei asse, böde Duh,
wi wonn o ma meddan!"

„Was machen die beiden Jungen da?", fragte die Pfört-
nerin mit langsam aufkeimender Panik im Blick und
wies durch die Rotzschlieren zu einem Aufsteller mit
Broschüren, die gerade von Norbert zu Flugblättern
und von Aaron zu Konfetti umgewidmet wurden. Es gelang mir, Ricarda, deren Sekretproduktion weiter auf
Hochtouren lief, in einen Sessel zu drücken, um zum
Ort des Vandalismus zu eilen, wo mir wenig später
auch Julia zur Hilfe kam. Als wir dabei waren, Norbert

und Aaron zu nötigen, die Hochglanzversprechungen wieder einzusortieren, läutete einige Schritte entfernt die Fahrstuhlglocke.

„Enno ist weg!", rief Julia, womit schlagartig klar war, dass uns die Dame in Weiß gestohlen bleiben konnte. Ich griff mir die protestierende Ricarda und den bambulefrohen Norbert. Julia trieb die Übrigen vor sich her zum zweiten Aufzug.

„Muss pullern!", vermeldete Aaron, noch bevor die Türen sich geschlossen hatten, und fand in Gestalt von Danilo, Denise und mir drei spontan Gleichgesinnte.

„Fahrt allein!", entschied ich, und riss, da sich im Foyer ein Toilette befand, die drei Bedürftigen wieder aus dem Lift.

Beim Treppensteigen, das Aaron und Denise noch immer nur im Nachstellschritt bewältigten, fand ich viel Zeit zum Überlegen. Im Grunde genommen hatten wir auf Ennos Fahrstuhlausflug vollkommen unprofessionell reagiert, denn da er stets möglichst ausgedehnte Liftreisen unternahm, ihm also der Weg das Ziel war, sprach viel dafür, dass er beständig hoch- und wieder runterfuhr, solange ihn niemand oder nichts daran hinderte. Und wer außer uns wäre dazu in der Lage gewesen? Wir hätten also, zumindest was Enno betraf, ebenso gut unten bleiben können. Dass wir uns stattdessen alle aufwärts bewegten, musste etwas mit unserem Bestreben, zum Minister zu gelangen, zu tun haben, den wir anscheinend instinktiv aber womöglich fälschlicherweise – denn schließlich war ein Minister ja kein Gott – in der obersten Etage vermuteten. Wir wussten ja nicht einmal, ob er sich überhaupt im Hause befand, und wenn, ob wir tatsächlich zu ihm vordringen würden, um sagen zu können: „Guten

Tag, hier sehen Sie den Betreuungsschlüssel, den wir gern hätten. Normalerweise sind wir beide noch für sieben weitere Behinderte verantwortlich."

In der dritten Etage reichte es mir mit der Gangart, und wir verließen das Treppenhaus. Danilo war entzückt, auf dem langen Büroflur so vielen seiner Komplimente würdigen Vertreterinnen des weiblichen Geschlechts zu begegnen, und Denise, sich alle paar Meter von Neuem spreizen und vorstellen zu können. Lediglich, was Aarons Verfassung betraf, machte ich mir Gedanken, denn er begann unvermittelt zu japsen, versuchte sich mit wachsender Kraft von meiner Hand loszureißen und stieß schließlich eine Litanei gegen sich selbst gerichteter Zurechtweisungen aus, bevor er sich zu Boden fallen ließ und wild um sich schlug.

„Was ist hier nur los heute?!", sagte eine irritierte, eilig beiseitespringende Ministerialbedienstete, die gerade den Aufzug verlassen hatte, und erwähnte, dass auf dem Gang in der Fünften eine junge Frau läge, die auf ganz ähnliche Weise rase und es fertigbrächte, sich mit den Fingernägeln die Arme blutig zu kratzen. Ach, Mensch, Julia, dachte ich und sah sie gemeinsam mit der entsetzten Tina und dem faszinierten Norbert in sicherer Entfernung zu Ricarda stehen, gegen deren Anfälle von Selbstzerfleischung trotz mehrerer Aufenthalte in der Psychiatrie bisher kein Mittel gefunden worden war.

Um zur Hilfe eilen zu können, musste ich erst Aaron beruhigen und tat es mit Schmerzen, indem ich wider besseren Wissens behauptete, dass ihn seine Mutti am nächsten Tag abholen käme, was ihn nicht nur dazu veranlasste, schlagartig friedlich zu werden, sondern in seiner Vorfreude sogar ausgelassen in die Hände zu klatschen.

Wenig später saß ich auf Ricardas Brustkorb, drückte ihr die rot glänzenden Arme über den Kopf und presste meine Knie mit ganzer Kraft in ihre Ellenbeugen. Als Denise dem wachsenden Publikum gegenüber mit ihrer Vorstellungsrunde beginnen wollte, hielt die zitternde Julia ihr einfach den Mund zu.

Während ich Minuten darauf noch immer auf Ricarda hockte, deren Raserei dadurch erfahrungsgemäß keineswegs verkürzt, wohl aber in ihrer Blutigkeit gemildert wurde, hatte Julia trotz ihrer Alleinverantwortung für die übrigen fünf die Geistesgegenwart besessen, die Ratlosigkeit der Umstehenden teils in Aktivismus, teils in aufkeimende Heilserwartung zu verwandeln, indem sie, als gelte es, außer den zahlreichen nutzlosen Gaffern auch schleunigst einen Spezialisten vor Ort zu bekommen, lauthals schrie: „Sehen Sie denn nicht, dass wir den Minister brauchen? Der Minister muss her!"

Er kam, als Norbert im Hintergrund des Hauptgeschehens bereits einige Computer entkabelt, Danilo etlichen Sachbearbeiterinnen den Hintern getätschelt und Aaron mehrere Bürotüren mit seinem Kot beschmiert hatte.

„Da dib Aada!", konstatierte Tina, denn er kam nicht allein: In der so innigen wie atemberaubenden Umklammerung des Fahrstuhlreisenden Enno, der mittlerweile außer seiner üppigen Körperbehaarung nur noch die grüne Windelhose trug, fuhr der Staatsmann in Begleitung zweier weiterer ratloser Herren in den fünften Stock ein, wo ihn ein zunächst erwartungsfrohes, dann mehrheitlich von jähem Entsetzen gepacktes Empfangskomitee willkommen hieß.

Es waren weder Julia noch ich, geschweige denn die beiden den so gut wie tauben Enno mit verbalen

Drohungen überfordernden Begleitbeamten, denen es gelang, den Minister aus dem Schwitzkasten zu befreien. Es war Denise, die einfach nur mit dem Röckchen schaukelte, ihre Lippen spitzte und Enno, der den Schlipsträger fallen ließ wie ein langweilig gewordenes Spielzeug, aus dem Aufzug lockte. Da die Sorge um das Ergehen des nach Luft Schnappenden allerdings größer war als die Sorge um unser Befinden, erhielt ich statt der Gelegenheit, unser Anliegen vorzubringen, die Aufforderung, zur Aufnahme eines Schadenprotokolls allein in eines der Büros zu kommen.

„Setzt euch bitte genau so wie vorhin!", sagte ich, als wir den Parkplatz betraten, und musste meiner Weisung keinerlei Nachdruck verleihen.

„Sollte ich jetzt nicht eigentlich fahren?", fragte Julia, auf deren schmalen Schultern bereits nach wenigen Metern die Köpfe von Enno und Danilo lagen.

„Lass mal, ich bin hellwach", entgegnete ich und sah zu, dass ich Land gewann. Auf der Autobahn spürte ich langsam meinen Kampfgeist zurückkehren. „Wir müssen", verkündete ich in den Rückspiegel, „beim nächsten Mal unbedingt Fredi mitnehmen!"

„Den Pyro- oder den Kleptomanen?", erkundigte sich Julia, aber ich erkannte am Lodern in ihren Augen, dass sie wusste, welchen von beiden ich meinte.

Mariana

Ich weiß bis heute nicht, ob jene Insekten, die wir als Kinder die Mauerbienen nannten und von deren Friedfertigkeit mein Cousin Walter und ich bis zum Auftauchen Marianas ebenso überzeugt waren wie von der Großartigkeit der uns bevorstehenden gemeinsamen Ferienabenteuer, stechen konnten. Sie bevölkerten zu Hunderten das löchrige Fachwerk der verfallenden Scheune auf dem Hof meines Onkels, flogen an warmen Tagen ständig wie kleine Transportmaschinen ein und aus und bestimmten mit ihrem ununterbrochenen Summen den Klang des Augusts. Es war unser zwölfter Sommer, als Mariana ins Spiel kam.

Wir hatten uns in der Einfahrt aus einem Ziegelstein und einem kurzen Brett eine wippenartige Schleuder gebaut, mit der wir Äpfel in die Höhe schossen. Ich war Lade- und Richtschütze in Personalunion, während Walter vorerst das Amt des Kanoniers ausführen durfte, das darin bestand, mit voller Wucht auf die nach oben ragende Seite des Brettes zu springen, damit der Apfel auf der anderen Brettseite möglichst weit gen Himmel fliegen konnte. Zum Schutz vor den oft bei uns selbst einschlagenden Projektilen, trugen wir Stahlhelme, die uns auf dem Dachboden in die Hände gefallen waren. Der Rest unserer Kleidung bestand aus Feinrippunterhemden und grünen, kurzen Hosen.

Auf dem geschützten Terrain des Hofes sahen wir keinen Anlass dafür, unsere Anzugordnung in Frage zu stellen, wie wir auch keinen Augenblick daran zweifelten, dass es genau unserem Wesen und Alter entsprach, stundenlang unreifes Obst in die Luft zu befördern. Aber im selben

Moment, als ich das mir unbekannte Mädchengesicht über dem Tor entdeckte, war ich heilfroh, dass gerade nicht ich, sondern Walter mit einem lautem Schrei und blöder Grimasse auf das Brett sprang und die Fremde dazu veranlasste, nicht ohne deutlich vernehmbaren Spott in der Stimme danach zu fragen, was wir da machten.

„Wer is 'n das?“, sagte ich nach einigen Sekunden der Ratlosigkeit mit möglichst gelangweilter Stimme zu Walter. Der fingerte sehr eifrig an der Schnalle seines Helmes herum, was mich peinlich an meinen eigenen Anblick gemahnte. Und anstatt mir zu antworten, brachte er es fertig, ihr zu erklären, dass ich sein Cousin aus der Stadt sei, als läge in dieser Auskunft die schlüssige Begründung für das Bild, das wir abgaben. Dann lud er sie ein, zu uns herüberzukommen.

„Morgen vielleicht“, antwortete sie lachend und verschwand hinter der Bretterwand.

„Das war Mariana“, murmelte Walter wenig später, „sie ist schon vierzehn und im Winter hergezogen.“

Am nächsten Tag hatten wir beide unser bestes Hemd an, standen mit schnurgeraden Scheiteln im Torweg und sahen den Bienen zu. „Weißt du noch“, hielt ich unvermittelt für angebracht zu erwähnen, „wie du mal fast gestorben wärst an einem Stich? Richtig lila bist du geworden am ganzen Körper, und nach Luft geschnappt hast du, und überhaupt nicht mehr zu reden war mit dir. Deine Mutti sieht dich, rüttelt an dir 'rum und jault so richtig auf. Aber du hörst sie natürlich schon gar nicht mehr.“

„Aber das war ja“, sagte Walter nach einer etwas längeren Besinnungspause, „eine richtige Honigbiene, nicht so eine.“

„Weiß man's?!“, entgegnete ich.

Marianas Auftritt war furios: Zunächst tauchte ihr Kopf kurzzeitig über dem Hoftor auf, um wenig später durch zwei Hände und einen weiß beschuhten Fuß abgelöst zu werden, der ein sonnengebräuntes Bein nach sich zog, welches in einen rosafarbenen, wunderbar ausgeleierten Schlüpfer mündete, mit dem sie schließlich rittlings auf dem Rand des Tores zu sitzen kam. Meine Kniekehlen wurden augenblicklich so weich, dass ich daran zweifelte, jemals wieder die Beine benutzen zu können, und in meinem Mund stellte sich der bittere Geschmack von Weidenrinde ein.

„Was ist los, wollt ihr mir nicht runterhelfen?", hörte ich sie fragen, aber weder Walter noch ich machten Anstalten dazu.

Die Hände auf dem Rücken, die Füße voreinander gesetzt, als wolle sie balancieren, lehnte Mariana, nachdem sie einen atemberaubenden Abstieg hingelegt hatte, am Portal unseres Abenteuerreiches und spitzte die Lippen. Sie trug einen kurzen, gelben Rock und eine weiße, weite Bluse mit blumenbesticktem Kragen, deren Ausschnitt durch eine blaue Schnur einigermaßen zusammengehalten wurde. So hübsch ist sie gar nicht, dachte ich, und in der Tat wirkten ihre harten Gesichtszüge unter dem jungenhaft geschnittenen, dunkelblonden Haar wenig anziehend auf mich. Aber das änderte nichts an dem Gefühl in meinen Knien und dem Geschmack in meinem Mund.

„Mächtig viele Bienen gibt es hier", brach sie endlich das Schweigen.

„Das sind nur harmlose Mauerbienen", beeilte ich mich zu erklären und ging, erleichtert darüber, dass meine Beine mir doch nicht völlig den Dienst versagten, einige Schritte auf die reich bevölkerte Scheunenwand zu, wobei ich mir paradoxerweise einbildete, die Wirkung eines Dompteurs zu erzielen.

„Na dann ist's ja gut", sagte sie gelassen. „Und was macht ihr nun hier so den ganzen Tag?" Worauf sie die Arme vom Rücken nahm, weit nach oben ausstreckte und etwas zu laut gähnte.

„Dies und das", entgegnete Walter, „je nachdem."

„Und was machst du so?", fragte ich in einem Anflug vermeintlicher Geistesgegenwart.

„Könnt ihr Schlager?", erwiderte sie.

Oh, wie sie sang, und wie sie sich bewegte, und welch ein Mienenspiel sie entfaltete! Zigeunerin war sie mit Lagerfeueraugen, Tamburinzittern am ganzen Körper und einem verächtlichen Mund, aus dem ihre erdige Stimme alle Männer der Sippe aufforderte: „Versucht's nur, ihr werdet mich schon zu spüren bekommen!" – Grübchen in den Wangen hatte sie plötzlich und Lachfalten in den Augenwinkeln, drehte sich kokett zwischen den Hühnerscheißehäufchen, warf die Beine in die Höhe, marschierte an uns vorüber und sang, wobei ihre Zungenspitze wieder und wieder zwischen den Zahnreihen hervorfuhr: „Beiß nicht gleich in jeden Apfel!"

Dann kamen die großen Gesten vor dem imaginären Standmikrofon. Purpurfarbenes Gaumenzäpfchen: „Oh, oh, oh, oh, oh, oh, wann kommst du?" Ständig leicht geöffneter Mund während der Orchesterzwischenspiele, orgiastisches Nachhintenwerfen des Kopfes, gardinenverhangener Blick, Hände mal suchend nach oben gerichtet, mal die Form des eigenen Körpers nachfahrend, hungrige Verbeugung am Ende des Liedes. Von der Liebe, die sie gesehen habe, sang Mariana, und vom fremden Mann, der sie anschauen sollte, fragte sich, warum gerade sie es sei, fragte mich, ob ich mit ihr gehen wolle, verkündete, dass es immer wieder Wunder gäbe und bat mich endlich, die Welt anzuhalten.

Ja, oh, ja, das und noch viel mehr wollte ich gern auf der Stelle und ein Leben lang tun für sie, denn natürlich, daran bestand kein Zweifel, hatte sie mich gemeint die ganze Zeit, mich, den Cousin aus der Stadt. Jedoch trotz meiner Bereitschaft, ihr bedingungslos zu dienen, zog ich es vor, Walter den Kavalier spielen zu lassen, als sie, nachdem unser Applaus verklungen war und sie zwischen uns auf einer hölzernen Mistkarre Platz genommen hatte, mit goldmarienhaftem Augenaufschlag nach einer Flasche Brause verlangte.

Nie war mir das Summen der Mauerbienen so laut, ja geradezu penetrant erschienen wie während Walters Ab-wesenheit. Obwohl wir die ganze Breite der Karre für uns hatten, saß Mariana so dicht neben mir, nein, an mir, dass ich meinte, das Pulsieren ihres Blutes spüren zu können. Ihr Körper verströmte Wärme wie die Kühe im Stall meines Onkels und einen Geruch, der mich an den Riemen des albernen Stahlhelmes erinnerte, den ich noch tags zuvor mit Selbstverständlichkeit getragen hatte. Und indem ich meinen Kopf langsam zu ihr wandte, sah ich im Ausschnitt ihrer Bluse ihre kleinen, spitzen Brüste, die sich im Atemrhythmus hoben und senkten und von feinen Schweißperlen bedeckt waren.

Als Walter mit drei Senfgläsern, einer Flasche roter Brause und einem goldbraunen, breiten Streifen Zuckerkuchen erschien, hatten wir noch immer kein Wort miteinander gewechselt.

„Was ist eigentlich in der Scheune?", fragte Mariana mit vollem Mund.

„Da dürfen wir nicht – ", hob Walter zu einer Antwort an.

Aber ich unterbrach ihn: „Gerümpel, Brennholz, 'ne alte Dreschmaschine und solche Sachen – und oben Heu."

Während wir die Leiter heraufstiegen, stieß ich mit der Nase beinahe an Marianas Hintern.

„Das ist ja wie im Paradies hier!", rief sie aus, jauchzte auf und warf sich bäuchlings in den Heuhaufen. Ich hechtete neben sie, wie ich es kurz zuvor im Film gesehen hatte.

Walter stand an einen Balken gelehnt. Und plötzlich schrie Mariana: „Die stechen ja doch, die Mistviecher!" Das war das Signal für seinen schleunigen Rückzug.

„Guck doch mal hier, sie muss noch hier drinstecken!", bat sie, streckte mir ihren Oberkörper entgegen und nahm meine Hand, um sie tief in ihre Bluse zu führen. Und während ich nach der Biene tastete, begann sie zu stöhnen, als wäre sie unter der Folter, und versuchte zu allem Überfluss auch noch, ihre Lippen auf meine zu pressen. Nein, so weit war es in meinem Film nicht gegangen, das konnte nicht normal sein.

Erst eine Woche später, unser zwölfter Sommer schien bereits im Begriff zu sein, sich zu verabschieden, wagten mein Cousin und ich uns erstmals wieder in die Einfahrt.

„Was machen wir heute?", fragte Walter.

„Wir haben lange kein schönes, tiefes Loch mehr gegraben", fiel mir nach einiger Überlegung ein, „so richtig bis zum Grundwasser."

„Mit Maurerhelmen?"

„Klar doch", sagte ich und hängte in Erwartung größerer Anstrengungen mein Hemd an einen Nagel in der Scheunenwand. Da bemerkte ich, dass die Mauerbienen nicht mehr summten.

Kartoffelfuß

Die Serie meiner Erkundungsgänge nahm mit der Umstellung der Uhren auf die Sommerzeit ihren Anfang. Wir waren gerade erst in diesen Ort gezogen, und der Reiz des Neuen bewog mich dazu, die gewonnene Stunde bis zum Sonnenuntergang so oft wie möglich in den mir noch fremden Straßen zuzubringen.

Ich war erstaunt, wie sehr die Stadt der meiner Kindheit glich. Und während ich sie allabendlich entdeckte, begannen mehr und mehr zerrissen geglaubte Saiten in mir zu schwingen.

Vielfältig und gänzlich unspektakulär waren die Auslöser dafür: Das Schaufenster eines Bäckers lockte mit fossilem Mustergebäck; am Eingang des Friedhofs standen Öffnungszeiten zu lesen; eine verblasste Giebelinschrift versprach beste Kolonialwaren.

Bald freute ich mich schon morgens darauf, nach Feierabend endlich wieder über mir noch unbekanntes Pflaster gehen und mich dabei zurück in die Kulissen meines Heranwachsens träumen zu dürfen.

Dass ich mich eines Abends am Rande eines Wohnkomplexes aus den frühen 70er Jahren wiederfand, war meiner noch mangelnden Ortskenntnis zu verdanken. Es handelte sich um eine Gruppe jener ersten zentralbeheizten Gebäude mit mehreren Aufgängen, in denen zu wohnen einmal der Traum vieler war. In Reih und Glied, durch Wäsche- und Spielplätze auf gleiche Distanz zueinander gehalten, standen die Blocks da.

Schon wolle ich kehrtmachen, als ich bemerkte, dass sämtliche Fenster einiger dieser Behausungen leeren Augenhöhlen glichen. Und indem ich nähertrat, las ich auf einem Schild das Wort „Rückbau" und konnte Dank der Abendsonne sogar tief in manche der verlassenen Wohnungen blicken. Ich sah Märchentapeten an den Wänden, bunt bemalte Rohre, schaukelnde Deckenlampen und zurückgelassene Möbel.

Unverhofft belebte sich mir da der Ort: Mütter in Kittelschürzen und Väter mit Feinrippunterhemden suchten und fanden Verrichtungen, die es ihnen ermöglichten, recht lange die ersten wärmenden Sonnenstrahlen zu genießen. Die Haustüren öffneten und schlossen sich beständig. Vorhänge wehten. Mopeds und Grills wurden erprobt. Laken auf den Wäscheleinen leuchteten die Szenerie wie für einen Filmdreh aus.

Die jüngeren Kinder okkupierten die Klettergerüste oder testeten ihre Dreiräder und Roller, während die Halbwüchsigen ihre frisch geputzten Fahrräder vorführten, hinter den Mülltonnen kauernd das Revier mit Zündplättchenrevolvern und Katapulten vor imaginären Eindringlingen verteidigten oder Blutsbrüderschaft zu schließen erwogen – bis eines Tages ein lederner Fußball ins Spiel geriet ...

Im Laufe eines Monats verfolgte ich, wie nach und nach vier Wohnblocks, wie zweihundert ehemalige Wohnungen in Schuttberge verwandelt wurden. Und sogar dieser Schutt konnte noch meine Erinnerungen auffrischen helfen, denn aus ihm leuchteten an zahlreichen Stellen die persönlichen Spuren einstiger Bewohner.

Trotz meiner Abneigung gegen diese Art Stadtteile rührte es mich zutiefst, noch im letzten Dreck erkennen zu können, dass hier einmal Menschen mit Sehnsüchten gelebt und nach ein wenig Individualität gestrebt hatten. Weshalb sonst hätten sie ihre Balkons wie ferne Reiseziele dekorieren und ihre Toilettenspülkästen mit bunten Aufklebern verzieren sollen?

Und während ich solchen Gedanken nachhing, rollte eines Abends, rollte nach vierzig Jahren erneut ein Ball vor meinen verkrüppelten Fuß. Er musste von den wenigen noch bewohnten Blocks hergekommen sein. Tatsächlich erschien schon bald eine Gestalt hinter der Hausecke, um mir mit Gesten zu verstehen zu geben, dass ich das Leder zurückschießen sollte. Und bangen Herzens legte ich es mir zurecht.

Aber schon in meinem Anlauf – sofern man diese groteske Annäherung überhaupt Anlauf nennen durfte – meinte ich zu bemerken, dass der Schuss nur daneben gehen konnte. Jedoch es hing doch die Ehre unserer Mannschaft ab von der Nutzung dieser Chance! Und meine Kameraden feuerten mich an, und ich lief weiter und zweifelte weiter und trat endlich zu – und hörte wenig später zum ersten Mal meinen Schimpfnamen.

Und auch diesmal hatte ich fehlgetreten. Aber niemand nannte mich „Kartoffelfuß“. Keine Kinderhorde skandierte mit wachsender Spottlust dieses leider durchaus zutreffende Wort. Sondern der Mann neben dem Wohnblock holte sich das keineswegs nur knapp an ihm vorbei geratene Geschoss und winkte mich hernach mit recht komischen Gebärden zu sich heran. Es war wohl die Ulkigkeit dieses Anblicks, die mich davon abhielt, das Weite zu suchen.

Was ich auf dem Wäscheplatz zwischen den noch verbliebenen Gebäuden des einstigen Wohngebietes, auf diesem improvisierten Fußballplatz vorfand, war das Gegenteil einer Nationalmannschaft. Männer aus vieler

Herren Länder, Männer meines Alters jagten hier dem Ball nach, sofern von Jagen die Rede sein konnte. Sie waren langsam, sie waren ungeschickt, waren mindestens angetrunken. Aber ihre Spielfreude schien enorm.

Beschallt wurde der Platz von einem exotischen Musikgemisch, das zusammen mit dem Duft fremdartiger Speisen aus den offenen Fenstern drang. Greisinnen mit Kopftüchern saßen auf Stühlen am Spielfeldrand und vergaßen vor lauter Begeisterung, ihre Zahnlücken hinter den Händen zu verbergen. Kinder jubelten ob ihrer phantastischen Großväter oder Väter. Schönheiten jeglicher Hautfarbe versprachen mit glühenden Augen, ihren Helden den Raseneinsatz bei nächster Gelegenheit zu vergelten.

Und ich war plötzlich Mittelstürmer und am Ball. Schon kämpfte ich mich an einem Kasachen vorbei, ließ einen Litauer stehen, narrte einen Nigerianer, umspielte einen Usbeken, täuschte einen Türken, bluffte einen Bulgaren, passierte einen Portugiesen, irritierte zwei Inder, veralberte drei Vietnamesen, hatte nun freie Bahn – und mit meinem verkrüppelten, mit meinem Kartoffelfuß schoss ich im Alter von zweiundfünfzig Jahren das erste Tor meines Lebens.

Josef im Glück

Als Frau Feuchter in Josefs Leben trat, war gerade so viel Efeu über seiner Mutter gewachsen, dass er es nicht mehr für nötig hielt, regelmäßig frische Blumen auf ihr Grab zu stellen. Die Anlageberaterin mit dem neugierig machenden Namen hatte per Telefon Kontakt zu ihm aufgenommen, einfach so ohne Anlass, wie es schien, und Josef, der ohnehin gerade nicht wusste, wohin mit seinem Geld, war wegen eben dieser Neugier aber auch wegen ihrer samtenen Stimme, vor allem aber, weil sie so tat, als wäre es das größte denkbare Versäumnis für einen vernünftigen Menschen, nicht mit ihrer Firma, der *Moneta soundso* zu kooperieren, dazu bereit gewesen, einen Termin mit ihr zu machen.

Wenn es zu diesem Zeitpunkt die Zinsabschlagsteuer noch nicht gegeben hätte, jene Geißel aller halbwegs Vermögenden, durch die sich im Grunde genommen jegliche größere konservative Geldanlage verbot, wäre vielleicht alles anders gekommen. Doch da Josef seinen Freistellungsbetrag schon allein für den Teil seines Geldes ausschöpfte, welchen er in Jahren des Fleißes und der Genügsamkeit selbst erarbeitet und angehäuft hatte, kamen ihm die achtzigtausend D-Mark, die ihm von seiner Mutter hinterlassen worden waren, in gewisser Hinsicht geradezu als ein Ärgernis vor.

Übrigens war es durchaus mit rechten Dingen zugegangen, dass Frau Brieger, eine einfache polytechnische Oberschullehrerin und Witwe, die fast vier Jahrzehnte lang nichts anderes getan hatte, als mehr oder minder begabte Schülerinnen und Schüler in die Geheimnisse der Rechenkunst einzuweihen, ihrem Josef, dem einzigen Nachkommen, schon knapp fünf Jahre nach Einführung der D-Mark im Anschlussgebiet solch eine horrende Summe vererben konnte. Ein Teil dieses Geldes war das in harte Münze umgetauschte Ergebnis eines freiwillig sparsamen Lebenswandels, und der andere Teil hatte sich durch die schier unglaubliche Trägheit jener Behörden angesammelt, die mit Frau Briegers Ruhestandsabsicherung befasst waren.

Letzterwähnte Tatsache, behaupteten später die Nachbarn in dem erst vor Kurzem sanierten Wohnblock, in dessen dritte Etage Frau Brieger ihr halbes Leben lang Kohleneimer geschleppt hatte und der jetzt endlich eine Zentralheizung und dicht schließende Fenster besaß, musste sie dann wohl auch ins Grab gebracht haben, denn nach einem Dasein in Aufopferung und Rechtschaffenheit und nach Erreichung des vorgeschriebenen Ruhestandsalters volle drei Jahre auf die erste Rentenzahlung warten zu müssen, konnte einem schon die Neugier auf weitere Lebenstage vermiesen.

Frau Brieger besaß also, so unglaublich es klingen mag, in ihrem Ruhestand tatsächlich sechsunddreißig Monate lang keine offizielle, regelmäßige Einkommensquelle, und da sie unter dem Eindruck der hohen Zinsen in den frühen Neunzigern all ihr zuvor Erspartes längerfristig angelegt hatte und die Bank ihres Vertauens sich keineswegs darauf einlassen mochte, die geltenden Vereinbarungen rückgängig zu machen, kam es bald dahin, dass ihr Girokonto so gut wie leer war und sie sich vom Inhalt der zahlreichen Einweckgläser in ihrem Keller ernähren musste, womit für sie im wahrsten Sinne des Wortes eine Saure-Gurken-Zeit anbrach, die sie sich lediglich an Sonn- und Feiertagen durch das Öffnen eines Glases Birnen oder Pflaumen versüßte.

Glücklicherweise musste sie sich jedoch wenigstens um das Dach über ihrem Kopf keine Sorgen machen, denn trotz oder wegen ihres nicht unerheblichen aber eben leider für sie nicht verfügbaren Sparguthabens galt sie für die Sachbearbeiterin in der Wohngeldstelle, eine ehemalige Schülerin von ihr, als bedürftig und bekam all ihre Mietausgaben schon bald unbürokratisch ersetzt, was sie natürlich trotzdem nicht mit ungetrübter Freude erfüllen konnte, denn sie war ja eigentlich nicht mittellos, und für die Langsamkeit der Rentenbehörde konnte sie nun wahrhaftig überhaupt nichts.

Es drängt sich die Frage auf, warum ihr Sohn, der ihr schließlich Wesentliches für sein Leben zu verdanken hatte und zumindest ökonomisch schon lange auf eigenen Beinen stand, ihr während dieser Monate nicht finanziell unter die Arme griff. – Darauf gibt es eine einfache Antwort: Er wusste nicht, wie es um sie stand, weil sie ihn noch nicht darüber informiert hatte, und weil er sie nicht mehr besuchte, seit er weit genug weggezogen war, um wegen der dadurch entstandenen Distanz zum Ort seines Heranwachsens auf ihr Verständnis für sein Fernbleiben rechnen zu dürfen.

Wenn Josef Brieger, dies sei zu seiner weiteren Verteidigung vermutet, Kenntnis über die Not seiner Mutter gehabt hätte, wäre er ihr gewiss behilflich gewesen. Schließlich war er ihr, der Alleinerziehenden, auch Zeit seiner Kindheit und Jugend stets ein dankbarer Zögling gewesen, der zu schätzen wusste, dass sie trotz ihres Witwenloses und ihres aufreibenden Berufes einen überlebensfähigen jungen Mann aus ihm zu machen gedachte, und sich ihr gegenüber dafür eigentlich in allen bisherigen Lebensphasen angemessen erkenntlich gezeigt hatte. Er ließ sich von ihr mit einem speichelbenetzten Taschentuch im Gesicht herumwischen, trug ihre handgestrickten Westover, aß jeden Morgen ihren hüfterweichenden Kuchen, reichte ihr bei Bedarf die Monatsbinden in die Toilette, erlernte den Beruf, welchen sie für ihn ausgewählt hatte, und suchte, wenn auch eher unbewusst, zeitlebens vergeblich nach einer Frau, die ihr glich.

Als Frau Brieger ihren Vorrat an Eingewecktem fast aufgebraucht hatte und noch immer keine Rentenzahlung auf ihrem Konto eingegangen war, besann sie sich in ihrer Not endlich dessen, was sie am besten beherrschte und beinahe lebenslang erfolgreich praktiziert hatte: Sie beschloss, wieder Unterricht zu erteilen. Natürlich konnte dies nicht mit einem regulären Arbeitsverhältnis und in der Schule geschehen, denn dort war man schließlich froh, dass sie ihren Arbeitsplatz zugunsten Jüngerer geräumt hatte, aber zum Glück war mit der Wende, wie sich jetzt zeigte, wunderbarerweise nicht nur das Spaßquantum, sondern auch der Bedarf an Nachhilfestunden gestiegen.

So lebte Josef Briegers Mutter wenig später gewissermaßen von der Hand in den Mund, indem sie nachmittags daheim täglich ein bis drei Schülern das beibrachte, was diese in den schulischen Rechenstunden am Vormittag verschlafen hatten, sich unmittelbar nach den Privatlektionen ihre Dienste bar bezahlen ließ und meist gleich darauf mit dem steuerfreien Geld in einen der neu entstandenen Billigmärkte shoppen ging. Und weil sie so sparsam wirtschaftete, gelang es ihr, selbst von diesen Einkünften noch ein Teil auf die hohe Kante, konkreter gesagt, in einen ihrer vielen leeren Pralinenkästen zu legen, die sich neuerdings bei ihr ansammelten wie bei anderen Leuten ausgetrunkene Schnapsflaschen.

Hätte sie mit der Bank nicht auf Kriegsfuß gestanden beziehungsweise befürchtet, jemand könnte ihr wegen ihrer Schwarzeinnahmen das Wohngeld streitig machen, wäre sie bald darauf in der Lage gewesen, abermals ein paar Mark anzulegen, denn quasi über Nacht hatte sich eine neue, unerwartet zahlungswillige Interessentengruppe für ihr Nachhilfeangebot gebildet: die Gruppe der Umschülerinnen und Umschüler nämlich, das beklagenswerte Heer jener Erwachsenen, die eigentlich ihren Schul- und Berufsabschluss bereits in der Tasche hatten, aber unter den herbeidemonstrierten Bedingungen plötzlich nichts mehr mit ihm anfangen konnten und deshalb abermals die Schulbank drücken mussten.

Unermüdlich trug Frau Brieger, die Rentnerin ohne Rente, nun heimlich von ihrer renovierten Wohnung aus dazu bei, dass aus Anlagenfahrern Altenpfleger werden konnten, aus Elektrikern Ergotherapeuten, aus Hortnerinnen Hotelfachfrauen, aus Melkern Managementkoordinatoren und aus Referatsleiterinnen Reflexzonenmasseusen. Ja, sie war so beschäftigt, dass sie in manchen Augenblicken glatt vergaß, weshalb sie eigentlich und überhaupt Nachhilfestunden gab.

Aber die Rentenstelle hatte ihre Klientin die ganze Zeit über keineswegs vergessen, sondern nur ungewöhnlich lange für die exakte Berechnung ihres Rentenanspruches benötigt, zumal neben der normalen Erwerbsrente bei Frau Brieger ja auch noch die Witwenrente eine gewichtige Rolle spielte. Und eines unverhofften Tages ging dann wirklich endlich eine Überweisung auf dem Girokonto der Lehrerin ein, eine Rentennachzahlung für sage und schreibe drei Jahre, eine D-Mark-Summe weit im fünfstelligen Bereich, von der sie lediglich deshalb umgehend erfuhr, weil ihre Bank ihr ein schriftliches Anlageangebot machte, und deren unerwartete Höhe sie so sehr beeindruckte, dass sie mit dem Kontoauszug in der Hand auf die neuen Marmorfliesen des Kreditinstitutes hinsank und unter dem Auge der Überwachungskamera verschied.

Josef Brieger ließ sich nicht lumpen, was die Ausgaben für die Beerdigung seiner Mutter betraf, sparte weder am Sarg noch am Spitzenkissen, geschweige denn am Grabstein oder an der Grabbepflanzung und schon gar nicht am feierlichen Rahmen, was bei einem Gesamterbe von achtzigtausend D-Mark, vom dem allerdings ein Teil wegen weiterhin bestehender Sonderzinsvereinbarungen nicht sofort verfügbar war, kein großes Kunststück darstellte. Mehr noch: Da ihn die Reue darüber ergriff, seiner Mutter in ihren letzten Jahren so fern gewesen zu sein, und da er in der Fremde ohnehin nicht das gefunden hatte, wonach sich seine Seele sehnte, beschloss er kurzerhand, umgehend in den Ort seiner Kindheit zurückzukehren, damit er wenigstens ihrer letzten Ruhestätte nahe sein konnte.

Die Verantwortlichen der Wohnungsbaugesellschaft, bei der Frau Brieger Mieterin gewesen war, hatten bereits damit gerechnet, trotz aller Saniertheit des nunmehr frei gewordenen Objektes mit dessen längerfristigem Leerstand leben zu müssen, denn es gab neuerdings ausreichend Wohnraum in der Gegend. Wie groß war ihre Freude deshalb, als Josef sich danach erkundigte, ob er nicht gleich in eben jene Wände ziehen könne, in denen er seinerzeit das Laufen und noch sonst allerlei erlernt habe, zumal ihm als Alleinerben das Mobiliar darin ohnehin gehöre und er sich auf diese Weise Zeit und Kosten für die Räumung sparen könne.

Schon kurz darauf kehrte er also in die Kulissen seines früheren Lebens zurück und meinte, sich glücklich schätzen zu dürfen, im Grunde genommen nur zwei echte Probleme zu haben: Er wusste, weil er dem Staat keineswegs etwas schenken wollte, wie bereits eingangs erwähnt, nicht recht, wohin mit seinem Geld, und er war sich nicht schlüssig darüber, ob er zum Schlafen das Bett in seinem alten Kinderzimmer oder das Bett seiner verstorbenen Mutter mit dem viertürigen, immer lockenden Kleiderschrank daneben benutzen sollte. Schließlich entschied er sich für eine Variante, die es ihm erlaubte, seine Hingezogenheit zu beiden Lagerstätten gleichermaßen zu stillen.

Allerdings war damit leider nur eines seiner beiden Hauptprobleme gelöst, denn die achtzigtausend Mark Erbe belasteten ihn nach wie vor sehr, zumal die noch durch seine Mutter abgeschlossenen Vereinbarungen mit der Bank für ihr vor der Rentennachzahlung Erspartes – sie hatte zu Josefs Verdruss zum Teil Anlageformen gewählt, bei denen es erst am Schluss der Laufzeit zur Zinsauszahlung kam – nach etwa anderthalb Jahren regelmäßigen Friedhofsbesuchs endeten und Gewinne abwarfen, mit denen die Freistellungsbeträge einer fünfköpfigen Familie hätten aufgebraucht werden können. Unter diesen Umständen war Frau Feuchters Anruf bei Josef geradezu ein Segen.

Es verschlug ihm den Atem, als er präzise zur ausgemachten Zeit seine Wohnungstür öffnete und die Frau von der *Moneta soundso* mit ihrer prall gefüllten, schwarzen Aktentasche vor sich stehen und ihm ihre Visitenkarte entgegenstrecken sah. Sie war unerwartet stattlich, trug ein bordeauxfarbenes Kostüm und hatte ihr offensichtlich langes dunkles Haar zu einem duttartigen Gebilde hochgesteckt, das ihrem sorgfältig geschminkten Gesicht – ihr Lippenstift passte präzise zum Farbton ihrer Kombination – im Zusammenspiel mit der relativ großen Nase und den weit geschwungenen Augenbrauen sowohl eine mütterliche Güte als auch Strenge verlieh. Darüber hinaus duftete sie nach Babypuder, und ihre weiche Stimme – sie sagte fürs Erste nichts als „Herr Brieger?" – liebkoste Josefs Gehörgänge wie gleichzeitig zu beiden Seiten eingeführte Wattetupfer.

Er ging mit ihr ins Wohnzimmer und bot ihr, ohne sich dessen bewusst zu sein, genau jenen Platz auf dem Sofa an, an dem seine Mutter am liebsten gesessen hatte. Und in dem Moment, da Frau Feuchter in die tiefe Delle sank, die im Lauf der Jahre vom Hintern ihrer Vorgängerin in das Möbelstück gedrückt worden war, entfuhr ihr, weil sie nicht mit einer solchen Talfahrt gerechnet haben konnte, ein kurzer Aufschrei der Überraschung und des gleichzeitigen Vergnügens, sie hob reflexartig die Knie, um das Gleichgewicht wieder zu erlangen, ihr Rock rutschte ein weites Stück die Schenkel empor, und Josef, der noch immer stand, konnte einen so unverstellten und langen Blick zwischen ihre Beine werfen, dass er ihn, um nicht die Beherrschung zu verlieren, von sich aus abbrach.

Diese Frau besaß genau das, was er suchte: Anlagemöglichkeiten aller erdenklicher Form, von konservativ bis kühn, von kurzfristig bis für die Ewigkeit, von steuerbelastet bis beinahe steuerfrei. Fonds vor allem, mehr als dreißig verschiedene Fonds stellte sie Josef vor, entnahm ihrer Aktentasche ein Erfolgsdiagramm nach dem anderen, beugte sich weit über den Tisch und gewährte ihm, der inzwischen längst saß, sitzen musste, tiefe Einblicke in das, was sie zu bieten hatte. Und Josef griff zu, akzeptierte jeglichen noch so unverschämten Ausgabeaufschlag und brachte es fertig, all sein geerbtes Geld, die vollen achtzigtausend Mark, für Anteile an genau jenen Fonds auszugeben, deren Kurvenverläufe ihm am erotischsten erschienen.

Von da an lud sich Frau Feuchter zweimal im Jahr bei Josef Brieger ein, machte sich zurecht wie beim ersten Mal, ließ sich in die bewährte Sofadelle sinken, jauchzte auf, ruderte mit den Beinen, wartete, bis Josef genug gesehen hatte, zog ihren Rock wieder herunter, öffnete ihre Aktentasche, neigte sich zu Josef und redete ihm neue Unvernünftigkeiten ein. Und Josef ließ alles mit sich beziehungsweise mit dem Geld seiner Mutter geschehen, kaufte zu teuer ein, verkaufte zu billig, und wenn er einem von Frau Feuchters kapitalmindernden Vorschlägen doch einmal mit einem Anflug von Skepsis begegnete, blickte die ihm nur wenige Sekunden in die Augen und sagte in einem Tonfall, als hätte er sie soeben unsittlich berührt: „Herr Brieger!"

War es, weil die Wirtschaft noch boomte, während der ersten Jahre ihrer Geschäftsbeziehung gar nicht so einfach für sie gewesen, Josefs Erbmasse zu reduzieren, gelang dies nach dem Millennium zunehmend besser. Im Januar 2002 hatte er von den ehemals achtzigtausend Mark nur noch etwa zwanzigtausend Euro übrig, im März 2003 sogar weniger als zehntausend. Diese Tatsache erfüllte ihn zwar nicht gerade mit Befriedigung, aber die Sorge, dass seine Anlageberaterin eines Tages nicht mehr zu ihm kommen könnte, wog offensichtlich schwerer als die Irritiertheit ob der finanziellen Einbußen, welche er ihr verdankte.

Gegen Ende des Sommers fiel es Josef Briegers innerer Uhr auf, dass Frau Feuchter außergewöhnlich lange nicht mehr von sich hatte hören lassen. Da nicht er, sondern sie die ganze Zeit über aktiv geworden war, wenn wieder einmal ein Treffen anstand, scheute er sich zunächst davor, Kontakt zu ihr aufzunehmen, obwohl er ihre Telefonnummer besaß, denn die inzwischen vergilbte, fleckige und abgegriffene Visitenkarte mit dem schön geschwungenen, jedoch unüblich knappen *R. Feuchter* darauf lag noch von deren erstem Besuch her auf dem Nachtschrank neben dem Bett seiner Mutter.

Als er es nach Wochen des zähen Ringens mit sich selbst dann doch wagte, ihre Nummer zu wählen, meldete sich ein Mann, der ihm erklärte, dass die Gesuchte schon lange nicht mehr für die *Moneta soundso* arbeite, die jetzt übrigens *Cash und irgendwas* heiße, aber das Unternehmen gern bereit sei, Josef jemand anderen zu schicken, der ihm beim sinnvollen Anlegen seines Geldes behilflich sein könne. Davon abgesehen teile ihm sein Rechner gerade eine kleine Schuld Josefs mit, was das Beratungsentgelt für die letzten beiden Gespräche anginge. Man werde wohl also weiter in geschäftlicher Beziehung bleiben.

Am Abend dieses Tages befasste sich Josef Brieger ausgiebiger als sonst mit dem textilen Nachlass seiner Mutter. Hinter ihren Miederhöschen fand er dabei ein klein kariertes Rechenheft, das sich als eine Art geheimes Kontobuch aus der Periode zwischen ihrem Rentenantritt und ihrer überwältigenden Rentennachzahlung entpuppte. Sorgfältig hatte sie darin alle Nachhilfeschülerinneren und

-schüler, den Zeitpunkt und die Anzahl ihrer Stunden, das von ihnen erhaltene Honorar und sogar Kommentare zu ihren Leistungen vermerkt. Weit hinten unter der Überschrift *Umschulungen* entdeckte er einen Eintrag, der wieder ausradiert worden, aber noch halbwegs zu erkennen war und deshalb besonders seine Neugier weckte: „Blöd wie Stulle!!" Zwei Seiten davor stand zu lesen, von wem seine Mutter sich zu solch einer Notiz hatte hinreißen lassen.

Radegunde also, dachte Josef, der sich schon immer gefragt hatte, wie Frau Feuchter wohl mit Vornamen hieß, Radegunde Feuchter – Anlagen aller Art, und ein überaus angenehmes Kribbeln kroch ihm von den Knien die Schenkel hinauf.

IV

Kerbers unbekannte Seite

Es gab vermutlich nur wenige, die wussten, dass Kerber seiner Kehle auch leise, zärtliche Töne entlocken konnte. Meine Zugehörigkeit zu diesem Personenkreis, war einer nicht benutzbaren Tür zu verdanken, die mein Arbeitszimmer von jener Hintertreppe trennte, über die er allmorgendlich seine Wohnung verließ. Auf dieser Treppe nämlich begegnete er seinem Kater, einem Tier mit rotbraunem Fell, das ihn gekonnt anmaunzte und dafür von dem vierschrötigen Mann eine nicht enden wollende Aneinanderreihung kosender, mit unnatürlich hoher Stimme hervorgebrachter Worte entgegengesungen bekam: „Ja, guten morgen Pauli! – Da bist du ja, mein Süßer, mein Bester. – Hast du gut geschlafen, mein Säckel, mein Ärschel? – Ja, das magst du. – Das gefällt dir. – Das hat der Pauli gern, ja, das hat er gern. – Der Pauli, der Gute, der Liebe."

Er hatte den Kater vor einigen Jahren von einem Witzbold oder Menschenkenner zu seinem 50. Geburtstag geschenkt bekommen, als tapsiges Jungtier noch, das ihm und allen anderen im Haus binnen Kurzem ans Herz wuchs. Unsere jüngste Tochter überwand sogar ihre Scheu und besuchte Kerbers eine Zeit lang in deren Wohnung, weil sie das Fellbällchen streicheln mochte.

Kerbers Arbeitsweg war denkbar kurz, denn kaum hatte er den Kater verwöhnt und die letzten Treppenstufen genommen, befand er sich so gut wie an Ort und Stelle, dem Laden im Erdgeschoss des Wohnhauses, den er schon seit einer halben Ewigkeit besaß.

Seine Frau und die jeweils angestellte Verkäuferin hörten ihn dann mit an Sicherheit grenzender Wahrscheinlichkeit kommen, denn irgendetwas entdeckte ihr Arbeitgeber auf den letzten Metern über den Hinterhof immer, eine Nichtigkeit, die ihm Anlass gab, mindestens fluchend, lieber noch brüllend, die Szene zu betreten und sich in Ermangelung nennenswerter Gegenrede selbst so gekonnt in noch höhere Grade der Rage zu treiben, dass erst wieder Ruhe wurde, wenn er in seinen Lieferwagen stieg, krachend die Tür zuwarf und den Motor anließ, um sein Lager oder einen Großhändler besuchen zu fahren. Und weil er im Laufe des Tages mehrmals auftauchte und wieder wegfuhr und stets neue Anlässe für cholerischen Ausbrüche fand, hielt es keine Angestellte länger als ein Jahr bei ihm aus.

Kerbers verhuschte Frau hatte wohl am meisten unter ihm zu leiden, und das nicht nur, weil sie ihres Mannes Ausbrüche auch noch nach Feierabend und an Wochenenden ertragen musste, wie wir ohne besondere Anstrengung durch die Zimmerdecken hörten, sondern weil sie ihr Los mit niemandem teilen konnte, nicht einmal mehr mit ihren drei Söhnen, die das Elternhaus so früh wie möglich verlassen hatten und es offenbar tunlichst vermieden, sich allein oder gar mit ihren Frauen und Kindern – lediglich der Jüngste war noch kinderlos – länger als nötig unter einem Dach mit ihrem Vater aufzuhalten.

So nahm es nicht wunder, dass Frau Kerber selig war, als unsere Tochter den noch jungen Kater streicheln kam, und sich die Geplagte nach Kräften um die Verlängerung und Wiederholung ihrer Aufenthalte in der Kerberschen Wohnung bemühte, indem sie sie mit freundlichen Worten, Getränken und Leckereien verwöhnte.

Meiner Frau und mir gegenüber verhielt sich Kerber vergleichsweise liebenswürdig, was damit zu tun haben mochte, dass wir, da ihm das Gebäude gehörte, eine sichere Einkommensquelle darstellten. Dennoch mieden wir seine Nähe, so gut es ging. Besonders nach den Abendnachrichten war es nicht ratsam, ihm zu begegnen, denn von da an hantierte oder lungerte er als sein treuester Bierkunde bis in die Nacht hinein im Treppenhaus und im Hof herum, was dazu führte, dass er redselig wurde und man Gefahr lief, an ihm kleben zu bleiben und durch seine Ansichten über Gott und die Welt gequält zu werden.

Da ich es nicht vermeiden konnte, hin und wieder zu dieser gefährlichen Zeit in das kritische Terrain zu geraten, hatte ich es mir angewöhnt, nicht nur möglichst leise Schritte zu machen und stets zwei Treppenstufen auf einmal zu nehmen, sondern zugleich im Geiste Vorbereitungen für die Flucht nach vorn zu treffen, indem ich mir eine Äußerung zurechtlegte, mit der ich ihm im Falle der Begegnung prophylaktisch nach dem Mund zu reden vermochte, bevor er selbst überhaupt etwas gesagt hatte, um dann den Überraschungseffekt zu nutzen und das Weite zu suchen. Besonders geeignet für diese Vorgehensweise waren Flüche über das Wetter und die Regierung, aber vor allem schlüpfrige Scherze, die ihn dazu inspirierten, breit zu grinsen und mir „sexuelle Kampferfolge" zu wünschen.

Dass Kerber, während er diesen Wunsch aussprach, im Geiste statt meiner bei der Sache war, bezweifelte ich keinen Moment, denn meine Frau hatte mir gegenüber schon mehrfach geäußert, sich von ihm entkleidet zu fühlen, wenn er sie anstarrte, was uns dazu veranlasste, das zum Hof weisende Fenster unseres Schlafzimmers zu schließen, die Gardinen vorzuziehen und etwas leiser, als wir es mochten, zu sein, wenn wir miteinander schliefen.

Als der Kater, der sich nach wie vor glücklich schätzen konnte, Kerbers gesamtes Pensum an zu vergebender Zärtlichkeit und freundlichen Worten einzuheimsen, langsam altersschwach zu werden begann, wurde auch Kerbers jüngster Sohn endlich Vater. Und im Gegensatz zu seinen Brüdern verlegte er sich merkwürdigerweise nicht darauf, seinen Eltern nun erst recht fern zu bleiben, sondern tauchte in regelmäßigen Abständen mit Frau und Kind im Hause auf, ja brachte es sogar über sich, sein Töchterchen, nachdem es nicht mehr auf die Mutterbrust angewiesen war, zunächst für Stunden, bald schon für ganze Tage und Nächte den Großeltern zu überlassen.

Da ging eine bemerkenswerte Veränderung mit Kerber vor sich. Von Stund an war es nicht mehr allein der Kater, der seine Zuneigung spüren sollte, sondern auch seine Enkeltochter, mit der ich ihn, wenn er sie für sich allein hatte, ähnlich sprechen hörte wie morgens mit dem Tier, und zu deren Erbauung er weder Kosten noch Mühe scheute. Der Hof verwandelte sich nach und nach in einen kleinen Spielplatz mit Dreirad und Roller, Sandkasten und Rutsche und allerlei mehr, was Erwachsene einem Kinderherz zu begehren unterstellten, ja Kerber befestigte sogar eine Schaukel an einer eigens dafür gezimmerten, mehr als mannshohen galgenartigen Holzkonstruktion.

Zu jenem Weihnachtsfest, an dem Kerbers Enkelin vier Jahre alt war und ein großes Spielzeugmotorrad im Hof vorfinden sollte, hatte es sich ergeben, dass unsere Älteste, die seit Langem studierte, aber über die Feiertage nach wie vor heimkam, erst spät am Abend vom Besuch bei einer ehemaligen Schulfreundin zurückkehrte und uns mitteilte, Kerber im Treppenhaus angetroffen zu haben und von ihm mit unmissverständlichen Bemerkungen und Blicken bedrängt worden zu sein.

Ich wollte abwiegeln und seinen vermutlich besonders hohen Alkoholpegel zur Entschuldigung anführen, zumal wir selbst schon einiges getrunken hatten, als ich unsere Mittlere laut und deutlich sagen hörte: „Da hast du ja noch Glück gehabt."

Abermals setzte ich zu einer Beschwichtigung an, kam jedoch nicht so weit, denn schon fuhr sie fort: „Mich hat er lange Zeit jeden Abend auf der Treppe abgepasst und begrapscht."

„Vielleicht mal aus Spaß auf den Hintern gehauen", verbesserte ich in der Hoffnung, diese scheinbar harmlosere Variante bestätigt zu bekommen, hatte aber keinen Erfolg damit.

Stattdessen bekamen wir detailliert geschildert, wie Kerber unserer mittleren Tochter, als sie dreizehn oder vierzehn Jahre alt gewesen sein mochte, regelmäßig aufgelauert und sie angefasst hatte, wo er nur mochte, während sie sich ihm zu entwinden und zur Wohnung zu gelangen bemühte. Aber selbst nach dieser Schilderung suchte ich noch nach ihn entlastenden Gesichtspunkten und meinte, sie gefunden zu haben, indem ich mich darauf besann, wie aufreizend sie zu jener Zeit durch die Gegend gestiefelt war.

Erst als unsere Jüngste sich an dem Gespräch zu beteiligen begann, begriff ich endlich, denn sie erzählte von einem kleinen Mädchen, das vor Jahren einen Kater streicheln gegangen war in eine fremde Wohnung und dabei seinerseits gestreichelt wurde von einem Mann mit groben Händen, zunächst am Kopf nur, dann am Rücken und an den Beinen und schließlich dazwischen unter dem Zwickel des Schlüpfers mit einem einzelnen rauen Finger, während die Frau dieses Mannes freundlich geredet und immer wieder Essen und Trinken herzugetragen habe.

Am nächsten Morgen passte ich Kerbers Schwiegertochter ab. Sie holten noch am selben Tag alles, was sich an Sachen ihres Kindes in Kerbers Wohnung befand.

Eine knappe Woche später weckte mich das Maunzen des Katers. Ich trat ans Küchenfenster und sah in den Hof. Das Spielzeugmotorrad lag umgeworfen unter dem Galgen für die Schaukel.

Inhalt

Quellenverzeichnis

Liebenlieschen, in: Risse. Zeitschrift für Literatur in Mecklenburg und Vorpommern, Heft 23/2009.
Hornig, der Huster, in: Risse, ebd.
Fund, in: Risse, Heft 19/2007.
Glücklicher Vater, in: Risse, Heft 25/2010.
Kinder aus G., In: Risse-Sonderheft 6/2011.
Hindernislauf, in: Risse, Heft 20/2008.
Sieglinde, in: Risse, Heft 31/2013.
Geprobte Audienz, in: Risse, Heft 22/2009.
Mariana, in: erostepost (Salzburg), Heft 39/2009.
Kerbers unbekannte Seite, in: Risse, Heft 18/2007.

Holger Böwing wurde 1958 in Klötze/Altmark geboren, studierte 1980-84 Sonderschulpädagogik an der Universität Rostock.

Wegen eines *politisch indifferenten* Gedichtes geriet er 1980 erstmals ins Visier des Staatsicherheitsdienstes der DDR; 1983 wurde gegen ihn eine umfangreiche *Operative Personenkontrolle* eingeleitet.

Seit 1991 arbeitet H. Böwing als Leiter einer Förderschule für geistig Behinderte in Herrnhut/Sachsen. Er veröffentlichte zahlreiche Erzählungen in Zeitschriften und Anthologien. 2009 erschien sein Romandebut „Jakob Leising" bei Grünberg. 2012 folgte der Roman „Fabler". Der Autor ist verheiratet und Vater dreier erwachsener Töchter.

Bei Grünberg erschienen:

„Jakob Leising". Roman. 168 Seiten, Hardcover. 2009.
ISBN 978-3-933713-33-9

„Fabler". Roman. 504 Seiten, Hardcover. 2012
ISBN 978-3-933713-38-4

Holger Böwing:

Die Zukurzgekommenen

1. Auflage, 2014
Grünberg Verlag, Weimar & Rostock
www.grunbergverlag.de
Druck: printmanufaktur, Dassow (Mekl.)

ISBN 978–3–933713–45–2